— 書き下ろし長編官能小説 —

恥じらい水着カフェ

美野晶

JN053549

竹書房ラブロマン文庫

目次

この作品は、竹書房ラブロマン文庫のために
書き下ろされたものです。

第一章　ビキニ熟女の妖しい色香

窓の隙間《すきま》から潮《しお》の香りのする風が流れてくる。白を基調にした店内は四人掛《が》けの席がみっつとカウンター。

夏は海水浴客で賑《にぎ》わうビーチから数百メール離れた場所に建《た》つ、カフェ『オーシャン』はお昼のランチ時を過ぎたらあとは静かな時間が流れていた。

海岸から離れているが、少し高台にあるので、店前のテラスに出たら青い海が一望できる。

晴れた日は視界のすべてにひろがる、空と海の青が史之《のぶゆき》は好きだった。

「ごちそうさまでした」

横山《よこやま》史之は二十歳の大学生。土曜日と日曜日にここ、『オーシャン』でアルバイトをしている。

夏休みが始まったいまは、平日のランチタイムも手伝いに来ていた。

「おそまつ様」

カウンターの端に座ってまかないを食べた史之が手を合わせると、カウンターの中にいる、オーナー兼店長の田口菜央《たぐちなお》が笑顔を見せた。

「美味《おい》しかったです」

お皿を片付けながら史之は菜央に言った。菜央は史之にとって中学時代の恩師でもある。彼女は生まれも育ちも『オーシャン』のあるこの町で、大学卒業後は近くの中学校で教職についていた。

その際に史之もお世話になったのだが、もともとこのカフェを経営していた菜央の母親が体調を崩し、彼女は教職を辞して手伝うようになったのだ。

その母親も一昨年他界し、いまは菜央がひとりで、店の二階で暮らしながらカフェを営んでいる。

「そう言ってもらえると嬉しいわ、ちょっと恥ずかしいけど」

少しはにかんで笑った菜央は、その優しい性格で教師時代も人気者だった。

史之たち男子は、大きな瞳に色白の肌、少し厚めのぽってりとした唇。そして、緩《ゆる》めの服装《ふくそう》でも隠しきれないグラマラスな身体にも心を奪われていた。

「いやいや、もう先代のお母さんにも負けませんよ」

菜央の母親はもともとここで喫茶店をしていて、料理が美味しいと評判だった。当時の史之は、まだひとりで喫茶店にいけるような年齢ではなかったから、食べたのはカフェに改装されてからだが、『オーシャン』の料理はどれも美味しかった。

「やだ、そんなことないわよ」

白い頰《ほお》をピンクに染めて菜央は恥じらっている。今日は白のブラウスに下はデニムのパンツ。それにエプロンを着《つ》けた地味目の服装だが、それでもスタイルのよさが際《きわ》立《だ》っている。

とくにお尻が大きいのでデニムの生地が張り詰めている。確か三十二歳になるはずだが、いまでも見事な丸みを保っていた。

「なによ、ふたりで見つめあって。そういう関係だったっけ？」

史之もカウンターの中に入ってそんな話をしていると、向こうから声がした。

カウンター席に座る、妖艶《ようえん》な美女がニヤニヤしながら冷やかしてきた。

「ちょっと麗花《れいか》さん。私と史之くんはもともと教師と生徒なのよ」

菜央は史之が中学生のころから下の名前で呼んでいる。これは同じ学年に史之と同い年の双子のいとこも含《ふく》めて横山姓が五人いたためで、菜央だけでなく先生たちは皆下の名で呼んでいた。

「そうなの。うふふ、でも先生と生徒の恋なんてロマンチックでいいんじゃない」

カウンターに肘をついたまま、麗花は妖しげな目線を史之と菜央に向けた。

麗花はここからほど近い場所で、スナックを営んでいるママで、年齢は不詳だが三十代くらいに見える。菜央よりも厚めの唇にまつげの長い切れ長の瞳をし、色白の頬は丸みがあってどこか愛らしい。

性格はいかにもお姉さまといった感じで、菜央とは仲がよく、昼間はここでお昼を食べて、なんだかんだとしゃべっていくのが日課になっている。

「馬鹿なこと言わないでよ。歳も何歳離れてると思ってるの」

三十歳を過ぎても純情で真面目なタイプの菜央は、顔を真っ赤にして照れている。

奔放な感じのする麗花と菜央がなぜ気が合うのかわからないが、よくふたりで買い物に行ったりしている。

「いいじゃん、歳の差夫婦でカフェを経営なんて」

麗花がそんなことをぼそりと言ったが、確かに史之は、中学生のころからずっと菜央を女性として意識している。

大学に入ったころに彼女がいたこともあるが、菜央には秘密にしていたくらいだ。

だが自分のような見た目も能力もごく普通の、しかもかなり年下の男に、菜央がふり向いてくれるとは思えないから、一度もその感情を口に出したことはない。

（でも……ふたりでカフェか……）

菜央とふたり、手に手を取りあって、料理を作ってお客さんと触れ合い、そして夜は……。

史之はついぼんやりと、彼女との甘い生活を妄想してしまっていた。

「でもね麗花さん、もうここを閉めることも考えてるのよ」

夢想に浸《ひた》る史之の耳に、菜央のそんな言葉が聞こえてきた。

はっとなって菜央のほうを見ると、ブラウスにデニムで調理場に立つ彼女が、深いため息を吐いていた。

「春からずっと売上げもあがらないしね」

この町には大きな精密機器の工場があったのだが、今年の四月に違う場所の工場と統合されてなくなってしまった。

その工場に荷物を積みにくるトラックの運転手たちが、積み荷の時間を待っている間に食事などをとりにやって来ていたので、夕方くらいまで客足が途切れなかった。

それがいきなりなくなったのだ。ランチタイムの売上げだけでは、経営が成り立たないのかもしれなかった。

「えー、悲しいこと言わないでよ」

菜央の突然の発言に麗花は声を少し大きくしている。彼女の店は地元の常連が多いので店が潰れるほどではないが、工場がなくなったことでそれなりに売上げは下がっていると、前にここで話していた。

この町全体が少なからず経済的なダメージを受けているのだ。

「これから夏だからさ、海水浴客を呼び込めばいいじゃん。その間に一年分の売上げを稼ぐ店もあるしね」

海沿いにある定食屋さんなどは、ひと夏でかなり売り上げて、秋や冬はおまけのようなものだと、史之も噂で聞いた覚えがあった。

「でもうちは夏だからって、そんなにお客さんが増えるわけじゃないしね」

海水浴場となっているビーチは、ここから数百メートルは離れている上に、浜辺には海の家もたくさん出ているので、あまりこちらまでくる客はいなかった。

「だから、その人たちにこっちに来てもらえばいいのよ」

「どうやって……？　そんな方法があればいいけれど」

麗花は励ますように言っているが、菜央が前向きな顔を見せることはない。

事態は史之が思っている以上に深刻なようだ。ふたりの会話には入ることが出来ないので、史之はせめてと、新しいお冷やを麗花の前に置いた。

「確かに私もないけどさ。おい若者、あんたがアイデア出せ」

麗花に近づいたとき、いきなり首に腕を回されて抱えられた。

「うぐ、麗花さん、苦しいって、ぐふ」

背後から首に腕を回されて締めあげられる。息が詰まって史之はもがくが、麗花は離してくれない。

「絞り出せ、いい案を」

首を絞めたらよけいに考えなど浮かばないと思うが、麗花はグイグイとけっこうな力で腕を引きよせている。

酸素不足になって頭までぼんやりとしてきた。

「ビ、ビキニカフェ……」

怪しくなる意識の中で、史之の頭に浮かんだのは、南国のオープンカフェでビキニ姿の外国人女性が接客をするカフェの映像だった。

確かテレビかなにかだったと思うが、歩くだけで弾《はず》む、ブラだけの巨乳に見とれてしまった記憶があった。

「ほう、あんたにしてはアイデアじゃない。美女がビキニで接客するカフェなら馬鹿な男どもがいくらでもお金落としていくわよきっと」

ようやく史之の首から手を離した麗花は、なんだか悪そうな笑みを浮かべた。

彼女の切れ長の瞳が、￥マークになっているように史之には見えた。

「ビキニって、この店で？　誰がするの？」

真面目な菜央は話にまったくついていけない様子で、大きな瞳を白黒させている。

「なに言ってんのよ、あんたがやるのよ。けっこうエロい身体してるんだから」

「ええっ」

麗花は妖しげな目をそのまま菜央に向けて言った。菜央は驚きのあまり両手で自分の口を塞《ふさ》いでいる。

（エロい身体……）

史之のほうは、菜央のブラウスとデニムパンツの中の身体をつい妄想してしまう。

麗花はどこかで見たことがあるのだろうか。そんなにエロいのか。乳房はどのくらいなのか。想像が止まらなかった。

「もちろん、私も一肌脱ぐわよ。ちゃんと鍛えて身体も引き締めてるし」

夜の営業時とは違い、いまはスカートにTシャツというラフな格好の麗花は、店内を見渡して、自分以外の客はもうひとり女性客がいるだけなのを確認した。

そしてTシャツの裾に手を掛けると、一気に頭から引き抜いた。

「どうよ青年、私の身体は。なかなかでしょ」

紺色の生地に白のレースがあしらわれたブラジャー姿になった麗花は、カウンター前の椅子から降りて、史之の前に仁王立ちになった。

堂々と前に突き出された麗花の胸の前で、ハーフカップから柔乳をはみ出させた巨乳がブルンと弾んだ。

「た、確かに……」

麗花のボディは年齢を感じさせないくらいに引き締まっている。お腹周りなどはうっすらと腹筋が浮かんでいるほどだ。

その身体に不似合いなほどに乳房は巨大で、色白の肌の乳肉がブラカップに寄せられて深い谷間を作っていた。

「そうでしょ、ふふ」

つい見とれてしまう史之に向けて誇らしげに笑い、麗花はさらに胸を張った。

「む、無理よ。私は無理無理無理……ぜったい無理」

ようやくこの事態に頭が追いついたのか、菜央が激しく頭を横に振り始めた。

「お母さんの残したお店を守りたいんでしょ。ねえ、あなたも手伝ってくれない？

ビキニで」

もう涙目になっている感じの菜央に言ったあと、麗花はブラジャーだけの上半身を窓際のほうに向けた。

窓の手前に四人掛けのテーブル席が並んでいるのだが、そこにひとりの女性客が座っていた。

麗花に突然、ビキニになれと誘われて、その女性も驚いた顔をしている。

(い、いや、さすがに無理でしょ)

いつもランチタイムが終わってからやって来て、静かになった店内で文庫本なんかを読んでいる清楚な女性を、史之は以前から知っている。

ただ知っているとはいっても、友達とか、そういう関係ではない。

「私がですか……」

きょとんした顔でこちらを見ている女性は、鈴本沙耶《すずもとさや》といい、史之の高校の二学年上の先輩だ。

三年時は生徒会長を務め、一年生の史之たちにも名前が聞こえてくるほどの才媛だった。確か大学は地元の国立大に進んだが、先生たちには東京の難関大学でも通るとかなり勧められたらしかった。

そして見た目のほうも丸顔で瞳の大きな美少女で、皆の憧れの的だった。

「そうよ、夏だけのバイトにどう？」

軽い調子で麗花は誘い続けている。確かに沙耶は顔も美人だし身体つきのほうも、ムチムチとしている。

ただあまりに優秀な人間過ぎて、どこか人を遠ざけるオーラがあり、本人の物静かな性格もあって近寄りがたく、実は史之も毎日のようにここで会うが、必要以上の会話をした覚えがなかった。

だからどう考えても彼女がやるはずないと、史之はあきれて見ていた。

「ちょっと麗花さん、沙耶ちゃんはお客さんなのよ」

まるで調理のバイトに誘うかのような気安さで、ビキニカフェで働けと勧誘をしている麗花を、さすがに菜央がたしなめた。

沙耶は高校時代からよくここで本を読んでいたらしいので、菜央も彼女の性格がよくわかっているのだろう。

「そうですね……。お店のピンチならいいですよ。やりましょうか」

少し考えたあと、沙耶はやけに淡々と、そして落ち着いた口調で答えた。

「えっ、ええっ」

その答えに菜央よりも大声をあげたのは史之のほうだった。

高校時代、美貌と知性を兼ね備えた彼女が歩いているだけで、皆が顔をあげて道を空けた。

そんな沙耶がビキニ姿で接客をする。想像しただけでたまらない、いや違う、あり得ない。

「よし、じゃあとりあえず三人ね。あんたももう逃げられないわよ」

ブラジャー姿のままの麗花が菜央の両肩を摑《つか》んで揺すった。

「そんなあ」

菜央はもう泣きそうな顔になって、助けを求めるように史之を見つめてきた。

(すいません、菜央さん)

史之は彼女から視線を逸《そ》らすように下を向いた。その理由はもちろん、史之自身にも、菜央のビキニ姿を見たいという願望があるからだった。

大人しい沙耶まで協力してくれるとなれば、菜央も拒否するなど出来なかったのだろう、最後は渋々納得した。

「あそこのショッピングモールなら、いいお店があるんじゃない」

そうとなればまずは水着の準備を、という話になり、翌日に全員が集合して車で二十分ほどの大型ショッピングモールに買い物に出かけた。

史之は父親の車を借りて運転手として参加だ。

「じゃあ、俺は時間つぶしてきます」

ショッピングモールに到着して駐車場を出るとき、史之は皆にそう声をかけた。

男の自分が水着選びに参加するものではない、というくらいの常識はあるつもりだ。

「だめ、男目線での意見も必要でしょ。来なさい」

今日はブラウスにタイト気味のスカートという、どこか色香を感じさせる服装の麗花が史之の腕を摑んできた。

「ええっ、だめでしょ、そんな」

そもそも女性用水着売り場に入るのもためらわれる。驚いて史之はそばにいた沙耶を見た。

常識人の彼女なら止めてくれそうに思えたからだ。

「うん、まあ男の人のお客さんが多いだろうと思いますしね」

沙耶はいつもの大人しい口調でそう言った。麗花は、でしょ、と笑って史之を引っ張っていく。

（この人、こんな人間だったっけ？　おかしい）

近寄りがたい生徒会長というイメージしかなかった沙耶が、ビキニで接客するというのがいまだに史之は信じられない。

（なんだか目つきも変だし……）

今日は膝丈《ひざたけ》のパンツに可愛らしいブラウスが似合っている沙耶の、二重《ふたえ》の大きな瞳がどこか潤《うる》んでいるように見える。

頬もピンクに染まっている感じで色っぽい。

高校時代はぜったいに見せることがなかった表情だ。大学に入ってからなにかあったのだろうか。

（こっちは……無駄か……）

菜央はロングスカートの身体を少し前屈みにして、真っ赤な顔を下に向けている。とても話しかけられる状態には見えなかった。

「わあ、たくさんあるね、こういうのどう？」

ひとりだけはしゃいでいる麗花がハンガーに下げられた水着を手にして、自分の身体にあてがった。

「ぶっ」

それを見て声をあげたのは史之だ。水着は黒のビキニでやけに布が少ないように思えた。

「ふふ、いい反応ねえ、みんなの分も選んであげる」

「やだ、自分で探すわ、ちょっと」

今日初めて声を発した菜央も、ぶら下がる水着を選び始めた。

「わかってるだろうけど、ビキニ限定だからね」

「やだあ、もう」

麗花の言葉に菜央はもう耳まで真っ赤にしている。恥じらう彼女がなんだか新鮮で史之は口を開いて見とれるのだった。

試着室の近くで史之はひとり待機させられていた。女性用の水着売り場に男ひとりで立っているのは恥ずかしいし辛い。

ただ中にはカップルで買いに来ている人たちもいて、他の男性が売り場に何人かいるのは救いだった。

「えー、沙耶ちゃんってGカップあるんだ」

その試着室のほうから麗花の声が聞こえてきた。試着室が並んだスペースは売り場の奥まった場所にあり、他の客には声は届かない。史之が顔を突っ込んで見るわけにはいかない。

三人がどんな状態かはわからないが、会話はしているようだ。

(Gカップ……すごい……)

史之が唯一身体の関係を持った元恋人は、それほどバストが大きい子ではなかった。Gカップの巨乳など想像もつかない。沙耶はいつも緩めの服装で来ていることが多いから、そんなバストの持ち主とは気がつかなかった。

(頭がよくて、美人で巨乳……なんでビキニカフェに参加する気になったんだ……)

史之の悪い頭でいくら考えても理由が思いつかない。なぜ彼女があっさりと了承したのか、謎は深まるばかりだ。

「史之くーん、いま私たちだけだから見においでー」

そんなことを考えていると、試着スペースのほうから麗花の声が聞こえてきた。

「は、はい」

いちおう男性が入るのは問題があるようには思うので、史之は周りを確認してから試着室の前に行った。

「どう?」

カーテンで隠された試着室がいくつも並んだ、その真ん中のひとつだけカーテンが開かれ、そこに麗花と沙耶が並んで立っていた。

麗花は黒ビキニ、沙耶はブルーのビキニだ。

「うおっ」

ふたりとも色白で、麗花は引き締まった熟女《じゅくじょ》ボディ、沙耶はムチムチとした肉感的な身体をしている。

水着は三角の布が紐で繋《つな》がったタイプで、いろいろな肉がはみ出している。

当然ながら史之は驚きのあまり声も出ない。

「どう？　Ｇカップのバストのそろい踏み」

呆然となる史之にそう言って、麗花は沙耶の肩を抱き寄せ、身体を横向きにして抱き合う体勢をとった。

黒の三角布から乳肉がはみ出した熟バストと、ブルーの布から張りのある下乳が溢《あふ》れている若い乳房が、押し合ってぐにゃりと歪《ゆが》んでいる。

「す、すごいっす……」

もう口を開いたまま史之はろくに言葉も出ない。そのくらいに柔肉を寄せ合う巨乳は淫靡《いんび》だ。

そしてふたりの下半身のほうもすばらしい。腰に紐が食い込んだビキニパンティから染みひとつない、白い脚が四本伸びている。

（お尻もそれぞれ……エロい……）

ふたりとも同じように三角の布が食い込んでいる感じのヒップは、たっぷりと量感のある柔肉がはみ出している。

熟した麗花のヒップは、鍛えているというだけあって、豊満なのに見事な丸みを保っている。

そして沙耶の桃尻はさらに一回り大きく、むっちりとした瑞々《みずみず》しい尻肉がビキニの布を引き裂いてしまいそうだ。

「ふふ、口が開いているわよ、史之くん」

ふたりそれぞれの圧巻のボディに呆けたようになっている史之を見て、麗花はケラケラと笑いながらこちらを向いて前屈みになり、沙耶の背中も押して同じポーズをとらせた。

「うっ、おおっ」

ふたりの上半身が倒れると、ビキニの胸元がさらに強調される。三角の小さな布から柔らかそうな白い乳房がさらに膨《ふく》らみながらはみ出している。

史之はもう目をひん剝《む》いて、その深い谷間を見つめていた。

「……」

麗花は勝ち誇ったように笑っているのだが、気になったのはその隣で、乳房の下あたりに腕をあてて柔肉を持ちあげているポーズまでとっている沙耶だ。

彼女はなにも言葉を発しないが、大きな瞳でじっと史之を見つめている。その目がなんとも淫靡で史之は吸い込まれそうになる。

（どうしてそんなに見てくるんだろう）

恥ずかしげに頰を染めているものの、沙耶は史之から目を逸らそうとはしない。

薄めの唇を半開きにしたまま、一心に史之の顔を見ている。熱い目線に耐えきれなくなって史之のほうが下を向いてしまった。

「ほら、Ｉカップさん、なにをしてるの。史之くんに見せてあげなさいよ」

そのとき麗花の声が聞こえて、再び史之は顔をあげた。麗花は隣の試着室のカーテンに手を伸ばして一気に開いた。

「ちょっと、どうして胸のサイズを言うのよ……きゃあっ」

開かれたカーテンの向こうから現れたのは、麗花たちと同じように三角ビキニに身を包んだ菜央だ。

彼女の水着の色は白で、歳を重ねても清純な菜央の雰囲気にあっている。

「ほらほら、出て来て史之くんに男性目線で確認してもらわないと」

恥じらって背中を向けようとした菜央の腕を掴んだ麗花は、強引に史之の前まで連れてきた。

「ほら、気をつけ」

「やだあ、もう」

白い三角ビキニの身体が史之の至近距離まで来た。菜央は背後から両腕を麗花に押さえられたまま、通路スペースにまっすぐに立っている。

(Iカップ……す、すごい)

普段から大きいのはわかっていたが、Iカップもあるとは知らなかった。

確かに麗花や沙耶よりも遥かに豊満な巨乳は、ブラの三角形の布が乳房の上にはりついているといった感じで、上下左右から白い柔肉がはみ出しまくっている。

「やだあ、そんなに見つめないで史之くん」

そのあまりの迫力に史之はただ固まっていた。そして淫靡なのは乳房だけではない。

ほどよく引き締まったウエストから急激なカーブを描いて盛りあがる腰回り、紐パンティの下から伸びた太腿《ふともも》もムチムチとしていて男心を煽りたてる。

肌も透き通るように白くてしっとりとしている。少しぐらい褒め言葉でも言えばいいのだが、史之は声も出せなかった。

「ほら、お尻も見せてあげな」

そんな史之の視線に耳まで真っ赤にしている菜央の身体を、麗花が強引に回させる。

その動きだけでＩカップの巨乳がブルブルと波打って弾んでいた。

「うう……すご……」

真っ白な背中にビキニの紐が少し食い込んだ後ろ姿を見せた、菜央の黒髪がふわりと揺れた。

乳房にも負けないくらいにこれでもかと盛りあがる巨尻。そこに白い布が食い込み、これも胸と同様に柔らかそうな肉が大きくはみ出していた。

お尻の谷間も少し覗《のぞ》いていて、なんだか丸出しよりもエッチに見えた。

「あはは、史之くん、すごい目になってるよ。まあ仕方がないよね、若い男なんだから、こんなすごいおっぱいやお尻を見たらそうなるわ」

もう口も目も大きく開いたまま、憧れの教師だった菜央のビキニ姿に見とれる史之を指差し、麗花は爆笑する。

そして菜央の身体をまた回転させて前を向かせると、うしろから両手を回して柔乳を揺すりだした。

「うぐっ」

Ｉカップの巨乳を麗花は下から上へと持ちあげて揺らしている。さらに揉《も》むような動きも加えていて、白い三角布の下で柔乳がつきたての餅のように形を変える。

乳房がもちあげられたときに、布の端から少しピンクの乳輪まではみ出し、史之はもう身を乗り出していた。

「い、いやあ、出ちゃう」

それに菜央も気がついたのか、両腕でその巨乳を覆《おお》い隠すと、床にしゃがみ込んでしまった。

するとこんどは桃尻にビキニのパンティが強く食い込んで、尻肉がさらにはみ出す。

（俺……明日死ぬんじゃないか……）

こんな巨乳の美女たちの過激なビキニ姿を、独り占めにして堪能《たんのう》している。

大げさかもしれないが、もう一生分の運を使い果たしたのではないかと、史之は真剣にそう思った。

「あの、お客様、なにごとがございましたでしょうか？」

そのときうしろから女性の声がした。振り返ると制服を着た女性店員が怪訝《けげん》な顔で立っていた。

騒がしいので見にきたら、過激なビキニの女三人と、目を血走らせた男がいたのだから、そんな顔になるのも無理はない。

「し、知り合いなんですよ、覗きとかじゃないですから」

パニックになった史之は、かえって怪しまれるような言い訳を繰り返していた。


麗花がすぐに取りなしてくれたので、警備員を呼ばれるようなことはなかったが、試着室で騒ぐのはお控えくださいと釘を刺された。

彼女たちが着ていた三角ビキニは、さすがにこれで接客は無理だという話になり、もう少し布の多いデザインのものに決まったらしい。

史之はその場にはいられずに違う売り場に逃げていたので見ていないが、それぞれ何種類かのビキニを購入したようだ。

「さあ、帰ったら発表会ね」

『オーシャン』に戻ったら、あらためて試着して史之に見てもらうと、帰りの車内で麗花が言い出した。

なんでも菜央の希望でビキニではあるが、下はパレオの布を腰に巻いたデザインのものになったらしく、これでいいのか史之に確認させるというのだ。

「そ、そんなの恥ずかしいわ」

当然ながら菜央は恥じらって首を横に振ったが、麗花にその水着で客の前に出るのだと説得されて、渋々うなずいていた。

「菜央さん、無理だったら俺は別に……」

史之はハンドルを握りながら、助手席にいる菜央にそう言った。『オーシャン』に行くようになってから史之はずっと菜央のことをそう呼んでいる。

もう先生ではないのだし、名字だと母もいるから下の名で呼んでくれていいと、菜央から言われたのだ。

「いいよ、麗花さんの言い分が正しいし……」

客前に出るのだから、従業員でもある史之の前で恥ずかしがっているようでは、確かに話にならない。

菜央はそう言いたいようだが、それでも恥ずかしいのだろう、首筋をピンクに染めたまま窓の外を見ている。

(お尻もすごい迫力だったよな)

そして史之のほうは、それ以上のフォローも忘れ、身体を車の外に向けて少しひねってシートに座る菜央の下半身に目を奪われていた。

プリプリとした豊満な尻肉にビキニの白い布が食い込んだ姿は、いまも目に焼きついて離れなかった。

(俺が耐えられるのかな……自信がない……)

憧れの菜央がその巨乳を揺らし、ビキニで『オーシャン』の店内を歩き回る。営業中、史之は平常心で仕事が出来るのだろうか。

勃起《ぼっき》したまま仕事をすることになるのではないか。ふんどしで股間を締めあげてごまかすべきか。

そんなことを思いながら、史之は夏の太陽に照らされた海辺の道に車を走らせた。


『オーシャン』に帰ると同時に休む間もなく、女たちは二階の菜央の生活スペースに着替えにあがった。

史之はひとり店内で、自宅から持ってきたタブレットやライトを準備している。

黙ってビキニ姿で接客を始めても、客が集まってくるはずがないので、ＳＮＳを利用して宣伝をしようという話になったのだ。

ビキニになった写真を撮影し、ネットで告知して集客を図るのだ。

「お待たせー」

しばらくすると奥のほうから麗花の弾んだ声が聞こえてきて、史之は顔を向けた。

ドアが開くとまだ顔を赤くしている菜央が、麗花に背中を押されて出てきた。

「どう、これ、可愛いでしょ」

麗花の声が店内に響く中、沙耶も出て来て、三人のビキニ姿の美女が並んだ。

皆、同じデザインの色違いのビキニを着けている。花柄がプリントされた生地で、腰に巻かれたパレオだけ一色の無地だ。

「三人とも綺麗です」

ようやく少しは冷静に褒め言葉も出るようになった。沙耶は青、麗花は赤、そして菜央は緑の生地に花の絵が映えたブラジャーに、巨乳を包んでいる。

さっき水着売り場で着ていたものよりもかなり布が多いが、それでも三人ともカップから白い柔肉がはみ出していた。

(とくに菜央さんが……)

菜央の巨乳は、柔肉をすべてブラカップの中に押し込むことは不可能だったのだろう、半分以上は外にはみ出しているように思えた。

柔らかそうな乳肉がぐにゃりと形を変える姿に、史之の目は釘付けだ。

「いや、史之くん、そんなに見ないでよう」

史之が鼻の下を伸ばして、寄せられた双乳を見つめているのに気がついた菜央が、両腕で胸を覆い隠すようにしてしゃがみ込んだ。

彼女はこちらに背中を向けたので、パレオの中のパンティが覗いている。お尻のほうも花柄の生地から、むっちりとした肉がおおいにはみ出していた。

「ほら史之くん、いつまで女だけに恥ずかしい格好させておくつもり？」

赤に南国の花の絵がプリントされたビキニの胸を張り、麗花が言った。

こちらのボディはほんとうに均整が取れていて、引き締まった腹部には腹筋がうっすらと浮かんでいた。

「俺が脱ぐことに意味があるんですか、麗花さん」

実は彼女たちが着替えに行く前に、麗花から男性用の水着を渡されていた。

いつの間に購入したのかはわからないが、それを渡されて史之も水着になれと言われていたのだ。

ただ水着のパンツ一丁で彼女たちを待っているのも変なので、穿《は》いてから元通りに服を着ていた。

「もちろん実際の営業のときは普通の服でいいわよ。でも今日くらいは男らしいところを見せなさい」

「わかりましたよ」

実際の営業で着ないのなら自分が水着になる意味はないが、そんな風に言われたら脱ぐしかないと、史之は思った。

菜央があれだけ恥ずかしがりながらも、懸命に我慢しているというのに、男の自分がいやがるのも情けない。

史之は手に持っていたタブレット端末をテーブルに置いて服を脱いだ。

「あはは、貧相な身体」

「ぜったいに麗花さんは笑うと思ったから、いやだったんですよ」

麗花から渡されていたのは、三角形をしたブーメランパンツで、本来なら少ない布が男の身体をさらに引き立てるはずだ。

とくにスポーツ歴もない史之の身体は細身《ほそみ》で、筋肉質にはほど遠い。いつもジムに通って鍛えているという、麗花が見たらぜったいに笑うだろうとは思っていた。

「ごめんごめん、さあ撮影しましょ、ほら菜央ちゃんも立って」

ひとしきり史之の身体を見て笑ったあと、麗花は菜央の腕を摑んで引っ張りあげた。

「ほんとうに写真撮るの？」

フルカップのブラでもはみ出す巨乳を揺らしながら立った菜央は、麗花と史之を交互に見て恥じらっている。

その不安そうな表情が、少女のような感じがして可愛らしい。

「宣伝なんだから仕方ないでしょ、ほら、沙耶ちゃんも覚悟決めてるんだし」

菜央を真ん中にして、沙耶と挟むようにして立ちながら、麗花はあんたもそろそろ開き直れと言った。

「ああ、恥ずかしい、あんまり撮らないでね、史之くん」

この店を来年の夏まで維持できるだけの資金を稼ぐために、ビキニカフェをするのだから、オーナーの自分がいつまでもためらっているわけにはいかないと思ったのか、菜央もようやくちゃんと史之を見た。

ただ大きな瞳は潤んでいるし、艶《つや》やかな肌の首筋や肩までピンクに上気している。

「じゃあ撮りますよ」

色違いの花柄ビキニを着た巨乳美女三人を、史之はタブレット端末のカメラで撮影していく。

高機能なカメラがついたタブレットなので、素人の史之でもけっこう綺麗な写真を撮ることが出来た。

「もう少し笑ってください」

麗花はともかく、沙耶と菜央は笑顔がない。菜央は泣きそうな顔だし、沙耶はなぜか少し妖しげな瞳をしている。

いまだに沙耶がこうしてビキニ姿で立っているのが信じられないし、その理由も謎のままだ。

「ほら、ふたりとも笑って」

麗花に促《うなが》されて、菜央と沙耶も少し不自然だが白い歯を見せた。

謎な部分があっても、始まった以上は進んでいくしかない。史之はなんどもシャッターボタンを押し続けた。

「もう少し身体を横にしてください」

事前にグラビアの写真を見て研究していた史之は彼女たちに、いろいろなポーズを取ってもらって撮影していく。

要望にそって肩をこちらに向けた菜央と沙耶が向かい合わせになり、ふたりの乳房がぶつかって持ちあがった。

「きゃっ」

菜央が小さな悲鳴をあげ、ボリュームのある柔肉が上に移動して、乳首が見えそうなくらいにまではみ出す。

史之はもう本能的に彼女の上半身をアップで撮影していた。

（や、やばい……）

鎖骨《さこつ》のあたりまで持ちあがる巨乳を見て、史之の愚息が反応を始めていた。

もともと史之の肉棒はサイズがかなり大きめで、布の少ないパンツになんとか入っているような状態だ。

勃起などしたら亀頭部が水着から飛び出してしまいそうなのだ。

「なんか腹立つなー、このホルスタイン」

乳房を寄せ合う菜央のうしろから、麗花が不満げに言って、持ちあがる巨乳を揉みしだいた。

柔肉がさらにいびつに歪んで絞り出される。

「れ、麗香さん、なにするの、やだあ、やあん」

菜央は甲高い声をあげてパレオが巻かれた腰をくねらせている。顔を真っ赤にして悲鳴をあげる美女を史之は無意識に撮影していた。

女が女を軽くいじめながら、乳房を揉んでいる姿は、なんとも淫《みだ》らだ。

「やあ、こんなの撮っちゃだめ」

タブレットからシャッター音が響き続けているのに気がついた菜央が、切ない目を向けて史之に訴えてきた。

(美人同士の絡《から》み合いって、エロい……)

その顔もいじらしくてたまらず、史之は撮影ボタンを押し続ける。口を開いたまま呆けたような顔になって、菜央の揉まれる乳房に見とれていた。

「あっ、やん、麗花さん、あたってます」

さらに菜央と至近距離で向かい合っている沙耶のバストに、菜央の巨乳を揉んでいる麗花の腕があたった。

ブルーの花柄のカップに包まれた白乳が歪み、沙耶が少し甲高い声をあげた。

(う、もう無理)

高潔《こうけつ》な元生徒会長が漏《も》らした女の子の声に、史之の興奮もピークに達した。

ブーメランパンツの中の肉棒も耐えきれずに勃《た》ちあがっていく。

「やあ、やだ、ああん、変な揉みかたしないで、お願いもう撮らないで」

Iカップを揉む麗花の手もどんどんいやらしくなり、菜央も甘い声を漏らしている。

ずっとタブレットで撮り続ける史之に、菜央はもう涙声で訴えてきた。

「は、はい、撮りません、やめます」

史之はそう答えてタブレットを降ろした。その理由は菜央が泣きそうになっているからではない。肉棒が勃起した股間をタブレットで隠したかったのだ。

亀頭が少しはみ出ているブーメランパンツの前を、タブレットで押さえつけた。

「もういやあ」

菜央は麗花の手を振り払うと、店の奥に向かって逃げ出した。

それを股間にタブレット端末をあてたまま見送る史之を見て、麗花が意味深な笑みを見せた。

淫靡な水着ショーも終わり、解散となった。別れ際、史之は麗花から、夜に彼女のスナックに来て少し手伝いをして欲しいと囁かれた。

「なんの用事だろう？」

明日からのビキニカフェの営業に備えるため、今日はスナックのほうは臨時休業にすると聞いていた。

そこにわざわざ呼び出してなにをするつもりなのだろうか。しかも頼んできた際も他のふたりに聞こえないように、史之の耳元で言ってきた。

「こんばんはー」

麗花の店は『オーシャン』から歩いて十分ほどの、小さなビルの一階にある。

以前に電球を替えるのを手伝ってくれと言われて訪れたことがあるが、ボックス席にカウンター、そのカウンターのうしろは酒の瓶が並んだ、ごく普通のスナックといった店内だった。

まだ営業前だったが、そこにいた着飾った女性たちは麗花を含めて皆美しく、史之は照れてあまり見られなかった記憶があった。

「いらっしゃい、待ってたわよ」

木のドアを開いて中に入ると、少し暗めの灯《あか》りに照らされたカウンターの椅子に麗花が座っていた。

麗花は薄いブルーのノースリーブのワンピースを着ている。ワンピースはドレス風で、彼女の引き締まりながらも出るところは出たボディをひきたてている。

「あれ？　今日ってお休みじゃなかったでしたっけ？」

ヒールを履《は》き、髪も華やかにセットされた麗花は、夜の雰囲気を醸《かも》し出している。

昼間の彼女も美しいが、さらに妖艶さを増しているように見える麗花は、これから営業を控えているように思えた。

「そうよ、でも今日は休みじゃなくて貸し切り、史之くんのね」

にっこりと笑った麗花は入口に立つ史之の腕に自分の腕を回すと、そのまま奥のボックス席に引っ張っていく。

「え、どういうことですか？」

「今日はいろいろとがんばってくれたからね、お礼よ」

柔らかいソファー席に史之を座らせると、麗花は自分の身体を密着させながら隣に座った。

開き気味のワンピースの胸元から、白い柔乳が少し覗いていて、つい目を奪われてしまう。

「俺はとくになにも……がんばったっていうのなら、沙耶さんや菜央さんのほうが」

自分はただ送り迎えをして写真を撮っただけだと、史之は首を横に振った。

そういう意味では顔を真っ赤にしながらも、ビキニ姿で写真を撮らせてくれた菜央のほうが、がんばったと言える。

「まあね。うふふ、でも史之くんだって、おチ×チンが大きくなったのを隠しながら一生懸命だったじゃない」

史之の腕をギュッと自分のほうに抱き寄せながら、麗花は白い歯を見せた。

Gカップだと言っていた豊満な胸に腕が押しつけられ、柔乳が歪む感触が伝わった。

「き、気がついてたんですか？」

「そりゃあ、あんなに前屈みになってたらね。うふふ、若いっていいわね」

ばれてはいけないという思いのあまり、そんなポーズになっていたというのか。

もしかすると、沙耶や、憧れの菜央にも気づかれていたかもと思うと、血の気が引いていった。

「いいのよ、いくらでも大きくして」

昼間よりも少しメイクが濃いめの、まつげの長い瞳を史之に向けながら、麗花はさらに自分の胸を強く押しつけてきた。

「ちょっと麗花さん、えっ？」

フワフワとした巨乳の感触に、ほんとうに愚息が勃《た》ってしまいそうだ。

少し身体を離そうと麗花を見たとき、開いた胸元から黒い布が見え、史之は声をあげた。その生地の質に史之は見覚えがあった。

「うふふ、気がついた？　そうよ、一緒に買っておいたの」

麗花はソファーから立ちあがると、史之に背中を向けたまま、ドレス風のワンピースのファスナーを下げていく。

真っ白な背中が現れ、青いワンピースがすとんと床に落ちた。

「おおっ」

ハイヒールを履いた長い脚を少し開き気味にし、腰に手をあてて立つ美熟女に史之は思わず声をあげてしまった。

艶やかな白肌の背中に横一本、黒い紐が通り、豊満ながらも引き締まったヒップには同じく黒色の布が食い込んでいる。

昼間、ショッピングモールの水着売り場で見た、三角ビキニだ。

「もっとかぶりつきで見ていいのよ」

充分にその熟《う》れたヒップを見せつけてから、麗花は史之のほうに身体を向けた。

布の少ない紐ビキニのブラから、Gカップの柔乳がはみ出ている胸元を見せつけるように、麗花はソファーに座る史之ににじり寄る。

「そんな……う」

いきなりの展開についていけず、ただ驚くばかりの史之の膝の上に、麗花は大胆に跨がってきた。

ヒールを履いた長い脚と、三角の布が食い込んだ股間を史之の太腿に乗せてきた。

「うふふ、可愛い反応」

ルージュの塗《ぬ》られた厚めの唇を微笑《ほほえ》ませた麗花は、さらに胸を突き出し、その巨乳を史之の鼻先にもってきた。

触れそうで触れない黒ビキニのGカップ。それが男の欲望を煽りたてる。

(エロ過ぎる……たまらん)

揺れる乳房だけではない、麗花の肉体は鍛えられて均整がとれている。さらにしっとりとした肌が、熟女の色香を漂《ただよ》わせる。

そして黒ビキニがそのボディを淫靡にひきたてていて、史之はもう頭がクラクラしてきた。

「ここは、どうなってるのかな、史之くんの」

乳房を揺らして向かい合ったまま麗花は、腰を動かして自分の股間を史之の太腿に擦《こす》りつけてくる。

その動きを繰り返しながら、白い指で史之のズボンのファスナーを下げていく。

「わあ、やっぱり大きいねえ、近くで見てもすごい迫力」

パンツも下げられ、肉棒が飛び出してくる。亀頭のエラが張り出したそれを麗花は目を輝かせて見下ろし、手を伸ばしてきた。

「固さもなかなかじゃない。うふふ」

楽しげに笑いながら、麗花は肉棒をしごきだす。艶やかな指が絶妙な強さで亀頭のエラを刺激し、甘い快感がわきあがる。

「くう、うう、まさか麗花さん、これが目的で呼び出した、うう、のですか」

開かれたズボンの前でそそり立つ史之の肉棒を見た瞬間から、あきらかに麗花の目の色が変わった。

人よりもかなり大きいこの肉棒が目的で、誰もいない店に史之を呼んだのか。

「あらあ、そんなことないわよ、ふふ、ほら、私も見せてあげるわ」

否定はしているものの、その笑顔が図星だと言っている。話を逸らす麗花はもう片方の手で、自分の首のうしろにあるビキニブラの紐を解いた。

三角の布がぺろりとめくれ、たわわな巨乳がブルンと揺れて飛び出した。

「ぶっ」

さらに麗花は胸を突き出し、柔乳が史之の顔に押しつけられる。

鍛えているというだけあって、あまり垂《た》れている感じのない巨乳が史之の顔の上で押しつぶされた。

(うう、もう無理)

感触のほうはマシュマロのように柔らかく、肌も吸いついてくる。

なし崩しにしてしまっていいものかという思いもあるが、しごかれる肉棒からの快感もあり、欲望が止められない。

史之は考えるのを放棄し、目の前にある、乳輪がぷっくりと膨らんだ色素が薄い乳首にしゃぶりついた。

「あっ、やあん、あ」

勢いのままに乳首に吸いついて、先端を舌先で転がす。麗花は初めて聞くような女の声をあげて、ビキニパンティのお尻をくねらせた。

「んんん、んく」

もう勢いがついた史之は激しく乳頭を舐《な》めしゃぶる。いつもちょっと自分を見下している感じのする麗花を、この舌で喘《あえ》がせていると思うとさらに興奮した。

「ああん、もう激しいんだから、あ、ああ、ああ」

ただ麗花のほうもさすがというか、快感に喘ぎながらも史之の肉棒を手で包み込むようにしてしごいてくる。

繊細な感じのする指が絡みつき、竿の根元から亀頭のエラまでまんべんなく撫でてきた。

「んく、んんんん」

腰が痺《しび》れるような快感に翻弄《ほんろう》されながらも、史之は負けじと乳首を吸い、さらに自分の太腿の上にある黒のビキニパンティの中に指を滑り込ませた。

「あっ、はああん、だめ、あ、ああん」

史之の指先が股間に滑り込むと、麗花は大きく背中をのけぞらせた。

いつもの余裕な感じの彼女とは違い、息も荒く目も泳ぎ気味だ。

(すごく濡れてる……)

指が触れた瞬間に粘っこく熱い愛液が指に絡みついてきた。その量はかなりのもので、麗花の肉体の燃えあがりを示しているように思える。

熟女の興奮に煽られるように史之は乳首から唇を離すと、彼女のビキニパンティの紐を解いて下半身を裸にし、指を膣口に押し込んだ。

「あ、あああん、ああ、そこだめ、あ、あああ」

脱がされたことなど気にする様子もなく、麗花は史之の膝の上で熟れた身体をくねらせる。

前にめくれた紐ビキニのブラとともに、Gカップのバストが大きくバウンドする。

首や耳までピンクに染まり、切れ長の瞳が蕩《とろ》けたまま、史之に向けられた。

「ああ、史之くん、もう欲しいわ、いい?」

切ない息を漏らす美熟女は、そう言って、すでに身体を隠す役目を果たしていないビキニのブラを脱ぎ捨てた。

「はい」

ハイヒールだけとなった、均整の取れたボディを見つめたまますなずいた史之は、ズボンとパンツを脱いで下半身裸になった。

「ああ、私がするから」

ずっとうっとりとした顔の麗花は湿った息でそう訴え、床についたヒールの足を外側に向けて膝を開いた。

がに股の彼女は膣口を亀頭の上にあてがうと、熟れた桃尻を沈める。

「あっ、ああん、大きい、あ、ああ、それに硬いわ、ああ、いい」

エラの張り出した亀頭が膣内に侵入を開始すると、麗花は整った顔を歪め、派手なよがり声をあげた。

もう息がかなり荒くなっていて、大きく胸が動いてGカップが波打っていた。

「うう、麗花さんの中も、くううう」

麗花の媚肉《びにく》はやけにねっとりとしていて、吸いついてくるような感触だ。

そこに愛液のぬめりが加わり、肉がやけに絡みついてくる。若い元恋人とは違う熟女の感触に、史之も歯を食いしばっていた。

「あ、ああ、もうすぐ奥に、あ、はあああん」

大胆に開いた膝を折り、麗花は腰を落とした。怒張が濡れた膣道をずるりと入り、膣奥からさらに奥まで突き立てられる。

入りきった瞬間、麗花は一際《ひときわ》大きな喘ぎをあげるとともにのけぞり、巨乳が大きく弾んだ。

「あ、ああーっ、これすごいわ、ああ、お腹の奥まで来てる」

まだ挿入しただけなのに、麗花は大きく口を開いて荒い息を吐いている。

「大丈夫ですか？」

「うん、ああ、大丈夫だけど、ああ、史之くんの大きいから、私、動けないかも」

うしろに落としていた頭をあげて、麗花は対面座位で正面の史之をじっと見つめて言った。

濡れた切れ長の瞳が切なそうになにかを求めている。

「俺が動きますよ」

自分では動けないから、史之のほうから突いて欲しい。蕩けきった色香のある顔がそう言っている。

史之は彼女の細く引き締まった腰を抱き寄せると、下から怒張を突きあげた。

「ああ、ああ、奥っ、ああん、ああっ」

ピストンが始まり、史之の膝の上で麗花の細身の身体が弾む。その動きからワンテンポ遅れて、ふたつの巨乳がブルブルと波を打って踊る。

濡れ溶けている膣奥に巨大な亀頭が打ち込まれ、粘っこい音が聞こえてきた。

「ああん、ああ、すごいわ、ああ、こんなの、ああ、私、おかしくなっちゃう」

巨根に貫かれて身を揺らす美熟女は、開いた厚めの唇の奥から舌まで覗かせている。

その瞳も宙をさまよっていて、あっという間に悦楽《えつらく》に溺れている感じだ。

「いくらでもおかしくなってください、麗花さん」

歳上のグラマー美人を、自分の肉棒で喘ぎ狂わせている。史之は征服感を覚えながら、力を込めて怒張を打ちあげる。

座っているソファーのバネの反動も使い、腰を激しく上下させた。

「ああ、ひいいん、ああ、いいわ、ああ、たまらない、ああん」

そのすべてをしっかりと受け止めて、麗花は巨乳を弾ませてよがり泣く。

若い元彼女としたときは、痛がるのではないかと思い、史之は気を遣っていたように思う。

「ああぁ、ひいい、ああ、奥すごい、ああ、ああん」

だがこの美熟女は痛がるどころか、巨大な乳房を踊らせながら、ひたすら快感に浸りきっている。

媚肉もまた肉棒を包み込むように絡みついてくる。包容力を感じさせる熟した肉体に、史之は興奮を深めながら、向かい合う彼女の頭を抱き寄せて唇を塞いだ。

「んんん、んく、んん」

麗花もためらうことなくキスを受け入れ、ふたりは激しく舌を絡ませる。

彼女の唾液《だえき》のぬめりも味わいながら、史之はもっとぬめっている膣奥に向かって怒張を突き続けた。

「んん、ぷはっ、あああ、私、もうだめ、ああ、イッちゃう」

唇が離れると同時に、麗花は史之の両肩を手で掴み、切羽詰まった表情を見せた。

「イッてください、俺ももうイキそうです、うう」

限界が近いのは史之も同じで、吸いつくような感触の熟肉の前に、肉棒は蕩けきっていた。

亀頭のエラが濡れた粘膜に擦れるたびに、腰が砕けそうな快感が突き抜けてくるのだ。

「ああ、中に来て、あああ、今日は平気な日だから、ああ、出して」

ハアハアと荒い息を吐きながら、麗花は濡れた瞳でそう訴えてきた。

そして膣内の怒張を貪《むさぼ》るように、引き締まった腰を自らくねらせた。

「うう、それだめです、くうう、俺ももう」

亀頭の先端にある尿道口のあたりに膣肉が擦りつけられる。また違う種類の快感がわきあがり、史之は危うく達しそうになる。

白い歯を食いしばった史之は、彼女の腰を摑むとトドメのピストンを繰り返す。

「ああ、あああん、いい、あああ、すごい、ああん、史之くん、ああ」

たわわなGカップを踊らせながら、麗花は強く史之の肩を摑んで唇を割り開いた。

肉棒を飲み込んでいる膣道全体が、貪るようにギュッと締めあげてきた。

「あああ、イク、麗花、イッちゃう、あああ、ああああ」

最後は一際大きな絶叫とともに、美熟女は白い背中をうしろに大きくのけぞらせた。

乳頭が尖りきった巨乳も弾み、腹筋が浮かんだ下腹がビクビクと痙攣《けいれん》する。

「ああ、イッくうう、あああ」

しなやかな身体を激しく震わせながら、麗花はエクスタシーに溺れている。本能だろうか、彼女は腰を大きく前に突き出して怒張をさらに深く飲み込む。

亀頭がまた強く膣奥に擦られ、たまらない快感が史之の身体を走り抜けた。

「うう、俺もイキます、ううう」

史之も腰を夢中で突きあげ、彼女の媚肉の中に亀頭を押し込みながら、下半身を震わせた。

肉棒の根元が強く締めつけられたあと、熱い精液が膣奥に向かって放たれた。

「ああん、すごい勢い、ああ、ああ、好きなだけ出して、ああん、いい」

なんども続く絶頂に白い身体を引き攣《ひっ》らせる麗花が、うっとりとした顔で訴えてくる。

「はいい、うう、くう、出ます、うう」

熟女の妖しい色香に魅入られながら、史之はなんども熱い精を彼女の最奥に向かって放ち続けるのだった。

第二章　露出に啼き濡れる先輩

数日後から、ビキニカフェとしての営業が始まった。

ランチタイムは常連のお客さんもいるので普通に営業し、一時間休憩を挟んで午後二時から五時までがビキニでの接客の時間だ。

「AセットとBセットふたつずつお願いします」

花柄のビキニにパレオを着けた沙耶が、カウンターの前まで来て調理をしている史之に告げた。

ビキニカフェの時間はドリンクと料理のセットメニューのみとした。入場料をいただくわけではないので、ドリンクだけを頼まれたら客単価があがらないからと、史之が考えた仕組みだ。コストや作る側の手間も効率がいい。

「こっちはBセットみっつね」

向こうから麗花の声もした。SNSでの宣伝のおかげか、初日から満席の状態で、まずは上々の滑り出しといえた。

「お姉さん、こっちも注文お願いします」

「はーい、いま行きます」

客の声に反応して沙耶が向かっていく。花柄のビキニのブラに包まれたGカップが歩くだけで揺れ、客席の男たちが一斉に目を向けている。

沙耶はそれをとくにいやがるわけではなく、少し妖しい目を向けながら、颯爽《さっそう》と通路を歩いていく。

男の視線の中でも堂々としていて、やはり高校時代の彼女とは別人のようだ。

「すいません、お会計お願い」

店の出口近くで声がした。粘る客もいるかと思っていたが、基本的に海水浴に来ている男たちばかりなので、しばらくしたらみんな海に戻っていく。

そしてすぐに次の客が来るので、回転がよくて調理係の史之も手が止まる暇がない。

「はい、いまいきます」

フロアにいた菜央が急ぎ足でレジに向かう。グリーンの生地に花がプリントされたビキニの彼女が動くと、上乳がほとんどはみ出している乳房が大きくバウンドした。

「おおっ」

白い柔肉を波打たせながら激しく揺れる巨乳に、カウンターに座っていたひとり客が声をあげた。

それも仕方がない。Iカップの柔乳が波打つ姿は、史之も見とれてしまう。

「やだ、きゃっ」

男たちが注目していることに気がついて、菜央は頬をピンクに染めてうつむいた。

そのとき、彼女がつまずいて転んでしまった。麗花の提案で少し踵《かかと》が高いサンダルを履いているのだが、普段そういう靴は履かないという菜央は足元がおぼつかないのだ。

「いた……」

なんとか両手を床についた菜央は四つん這いの体勢になった。その拍子でパレオがめくれ、花柄のビキニパンティのお尻が露《あら》わになった。

「うおっ」

こんどはテーブル席のほうにいる客まで身を乗り出している。

お尻が大きすぎてビキニパンティの布が尻たぶに食い込み、柔らかそうな肉がはみ出している。真っ白な太腿《ふともも》もムチムチとしてエッチだ。

男にこれを見るなというのはとても無理だと、史之も思った。

「もうやだあ」

欲望のこもった視線をヒップに感じたのか、菜央は慌てて立ちあがってレジに向かって走っていく。

するとIカップのバストが激しく弾み、乳肉がさらにはみ出すのだ。

「ま、また来ます」

会計を済ませた男性が、ブラからはみ出した菜央の柔乳を見つめたまま呟いた。

「あ、ありがとうございます。よろしくお願いします」

恥ずかしくてたまらないのだろうが、店長としてはそう言うしかない。

照れまくるビキニ姿の美熟女に、客たちもそして史之も釘付けだ。

「それ、焼きすぎじゃない」

カウンターの向こうから調理場を覗き込んだ麗花が言った。

「うわ、いけね」

セットメニューのひとつであるトーストを、オーブントースターに入れていたのだが、もう焦《こ》げていた。

「すいません」

戻ってきた菜央に謝って、史之は焼き直す。ビキニカフェの時間は、料理はすべて史之の担当だ。

「ほら、あんたがサービスしすぎるから、史之くんも集中できないじゃない、まあお客様が喜んでるならいいけど」

意味ありげに笑って、赤いビキニにパレオの麗花が客席を見た。すると座っている客たち全員がにやけ顔のまま少しうなずいている。

「サ、サービスなんて、私、してないわ」

純情なタイプとはいえ、菜央も子供ではないからサービスの意味はわかっているのだろう。顔をさらに赤くしてしどろもどろになる。

そんな元恩師が史之は可愛くてたまらないのだ。

（いけね、また焦がしそうだ）

パレオのお尻を押さえながら涙目になっている菜央を見ていたいが、またトーストを焦がしてしまいそうだ。

「お姉さん、ビールはないの？」

焼き上がったトーストを取り出して盛り付けていると、そんな声が聞こえてきた。

「ごめんなさいね、お酒は扱《あつか》ってないのよ」

それを聞いてきた男性客を相手に麗花が答えている。喫茶店時代からずっと、『オーシャン』では酒類を扱っていない。

「お酒が呑みたかったら、夜、ここに来て。そうしたらもっとお話も出来るかも」

麗花はそう言ったあと、なんとビキニのブラジャーの中から白い名刺を取り出して、客に渡した。

「えっ、あ、はい、今日は近くに泊まりなんで、いきます、こいつらと」

名刺を受け取った男性は四人連れで来ている。泊まりということは地元の人間ではないようだ。

男性は温もりを確認するように名刺を撫《な》で、友人らしき男たちが羨ましそうに見つめている。

「うふふ、待ってるわ」

にっこりと笑った麗花は身体をくるりと回して、カウンターに置かれたセットをお盆に載せて他の席に向かう。

他の客たちもそんな彼女をうっとりとした顔で見つめている。麗花は誇らしげに巨乳を揺らしながら軽くウインクしたりしている。

（それが目的かー！）

その様子を見ながら、史之は心の中で叫んでいた。麗花がやけにこのビキニカフェに協力的なのは、昼にここに来た客を自分のスナックに誘導するのが目的だったのだ。商魂たくましいというか、ちゃっかりと自分の商売に結びつけている。

「君はいるの、夜のほうに」

「いえ、私はここだけです」

客のひとりが青のビキニの沙耶に声を掛けたが、いつもの素っ気ない感じで答えた。

(この人はマイペースだよな、いつも)

花柄のブラからはみ出た巨乳を揺らし、沙耶も堂々と男たちの間を歩いていく。

「Bセットふたつお願いします」

「あ、はい」

史之もあまり見とれている場合ではない。次々と舞い込んでくる注文を捌《さば》かなければと、調理に集中した。

初日から充分なくらいの売上げがあり、とりあえずはほっとした。これがある程度続けば、ほんとうにひと夏でかなり稼げそうだ。

「お疲れ様でした」

午後五時に閉店して、後片付けをしてもまだ少し空が明るい。今日は天気もいいので、柔らかくなった陽射しに、『オーシャン』のテラスから見える海が光っていた。

「さあ、これからまたひと頑張りね、うふふ」

ビキニカフェの営業中よりも、なんだか麗花は元気になっている気がする。

彼女の切れ長の瞳の奥が、お金のマークになっているように史之には見えた。

「お疲れ様、大変だったでしょう」

「いえ、大丈夫です」

そんな麗花の傍《かたわ》らで菜央が沙耶をねぎらっていて、それに沙耶が大人しめの声で答えた。

女たちは全員着替えをすませていて、パンツにブラウス姿の沙耶は、史之の目から見ても少し疲れているように見えた。

沙耶は接客業のアルバイトは初めてだと言っていたから、それも当然かもしれない。

「バイクで送ってあげたら、史之くん」

そのやりとりを聞いた麗花が、調理用具を洗い終えた史之に言った。

「いいですよ、はい」

沙耶の自宅は『オーシャン』から少し離れていて、いつもは自転車で来ているのだが、今日は午前中少し雨が降っていたので、バスで来たと話していた。

史之はいつも自分の中型のスクーターで通っていて、予備のヘルメットもこの店に置いてあった。

「ありがとう」

史之が承諾すると、沙耶は控えめな笑みを浮かべて頭を下げた。


スクーターのうしろに彼女を乗せて、史之は夏の夕陽に照らされた道路を走っていた。いつもなら車の多い時間帯だが今日はちょっと空いている。

バイクのうしろに乗った経験がないという沙耶は、少し怖いのかギュッと史之の背中にしがみついていた。

(柔らかいのがあたってるよ)

Gカップだと言っていた沙耶の巨乳が、史之の背中で押しつぶされている。

そのたわわな感触に史之は心乱れるが、彼女に悟られまいと、ただ前を向いてバイクを走らせていた。

「ふう、怖くないですか？」

信号待ちになり、史之はひと息ついてうしろにいる沙耶を見た。

「うん、平気」

いつものように静かに沙耶は答えた。いまだにこの真面目で物静かな先輩がビキニで接客しているのが信じられない。

なぜなのか？　ずっと気になっている史之は、こらえきれずに口を開いた。

「麗花さんが沙耶さんを誘ったとき、即答で断るだろうって俺は思ってました。なぜやる気になったんですか？」

ビキニカフェを手伝ってくれと麗花に言われたとき、静かに文庫本を読んでいた沙耶がまさか受けるとは思わなかった。

それは史之だけでなく、菜央や、誘った本人である麗花も同じだったと思う。ふたりともかなり驚いた顔をしていた。

「うーん、それを話すのは、ここじゃいやかな。ねえ、あそこの公園のどこかでいい？」

いつものように少し小さめの声で沙耶は前のほうを指差した。

いま止まっている信号の少し先に、大きな市民公園がある。ここからも中にある大きな森が見えていた。

「別にかまいませんけど、はい」

なぜ公園なのかはわからないが、こちらから聞かせて欲しいと言った手前、うなずくしかない。

信号が青になると、史之は公園の入口に向かってスクーターを走らせた。


公園の駐輪場にスクーターを止めて、自動販売機で飲み物を買った。

そこから少し歩くと、森の中に入っていく遊歩道の手前にベンチがあり、そこにふたり並んで座った。

夕暮れ時の公園は人気がなく、しんと静まりかえっている。森の反対側は芝生の広場が広がっていて、青い芝が夕陽でオレンジに色を変えていた。

「ふう」

ペットボトルのお茶を持った沙耶は、それを飲んで深いため息をついた。

史之は少し軽い気持ちで、彼女がビキニで接客している理由を尋ねたが、なんだか雰囲気が重たい。

(でもやっぱり美人だよな……)

高校生のころよりも美貌に磨《みが》きがかかっているように思える。

丸みがある可愛らしい鼻、大きな瞳にふっくらとした頬。女性の可愛らしさを凝縮したような愛らしい顔だ。

夕陽がその色白の肌を照らし、美しさを幻想的にひきたてていた。

「史之くん、私ね……」

彼女は少し顔を伏せながら、ボソボソと話し始めた。ビキニカフェを始めるようになって、沙耶は史之を下の名前で呼ぶようになった。

「はい」

それを聞いているだけでドキドキしながら、史之はあらためて隣に座る彼女を見た。

「自分の、恥ずかしい姿を見られたいっていう願望があるの」

伏し目がちにこちらは見ないまま、沙耶は言った。

「へっ」

信じられない言葉を口にした元生徒会長に、史之は口と目を大きく開いて、手にしていたペットボトルを下に落とした。

「す、すいません」

まだキャップを開いていなかったから中身はこぼれていないボトルを、史之は慌てて拾って、ベンチに座り直した。

恥ずかしい姿を見られたいとはなんなのか、理解が追いつかない。

「ごめんね、驚いたでしょ。でも私ね、高校生のころからそういう願望があるの。水泳の授業とかを男子が覗いていたりしたら、他のみんなはいやがってたけど、自分だけドキドキしてたの」

ブラウスの上半身を少しひねって、沙耶は身体ごと史之に向けた。

「性とか心理学の本とかいろいろ調べたら、私はマゾヒストみたい。みんなにエッチな女だと笑われてるのを想像したりしたら、すごく興奮するの」

続けざまにそう言った沙耶の瞳は、先ほどとはうって変わり、妖しく光り、どこかとろんとしている。

昼間、ビキニカフェで接客していた際と似た表情だが、さらに淫靡さを増していた。

「えっ、え、そ、そうなんですか……」

最近は驚くことばかりだが、いまがいちばん驚愕している。もうまともに返事も出来ず、史之はしどろもどろだ。

「今日も歩きながら、バストがこぼれるんじゃないかって、ずっとドキドキしてたの」

口を開いたままの史之をじっと見つめたまま話す沙耶の、丸みのある頬がどんどん赤く上気していく。

史之に告白しながら、興奮しているのか唇も開いてきていた。

「ねえ、史之くん、幻滅したでしょ、私が変態だと知って」

ハアハアと荒い息を吐きながら、沙耶はペットボトルをベンチの上に置いて、史之の手を握ってきた。

その手はかなり汗ばんでいて、肌も熱を帯びていた。

（発情しているのか……沙耶さん……）

いつもテーブル席で本ばかり読んでいる、美女ながらに地味な沙耶が、どうしてビキニ姿を客に晒しているのか。

ずっと史之の心に引っかかっていた疑問が一気に氷解した。

まったく予想もしていなかったのだが、沙耶は露出的《ろしゅってき》な性癖を満たすために、わざと恥ずかしい姿で人前に出ていたのだ。

（目つきまでかわってる……まさに別人だ……）

妖しく輝く瞳で史之を見つめる沙耶の顔は、生徒会長のころの彼女ではない。

いや、当時から自分を偽《いつわ》る仮面を被《かぶ》っていただけで、この牝《めす》の顔が沙耶のほんとうの姿なのだ。

（こ、興奮してきた……だってあの頃も俺たちに見られて……）

実は史之は、友人たちと一緒にプールが見下ろせる非常階段の踊り場から、沙耶たちの学年の水泳大会を覗きに行ったことがあった。

競泳水着でもわかるグラマラスな生徒会長のボディを見ることに、興奮と若干の罪の意識を覚えた記憶がある。

あのときも沙耶は大勢の視線を浴びながら、身体を熱くしていたのだ。そう思うと史之自身も興奮してきた。

「ごめんね史之くん。こんなこと言われて引くよね」

なにも言わない史之に沙耶は下を向いて、悲しそうに呟いた。

「いえ……そんなこと……」

軽蔑などしていません、かわった性癖なんか誰でもありますから、という言葉を口にしようとしたが、史之ははっとなって飲み込んだ。

そんななぐさめのような言葉を沙耶は望んでいるのだろうか、そう思って彼女を見ると、さらに頬はピンクになり、息づかいも激しくなっている。

「じゃあ、今日はどんな気持ちだったのですか？　男の人たち、みんな血走った目で沙耶さんのお尻とか見てましたよ」

自分でもとんでもないことを言っていると思うし、口にしておきながら、早速、後悔している。

ただこういうセリフを沙耶が望んでいると、史之は思ったのだ。

「ああ、見られてすごく身体を熱くしていたわ、ああ、お仕事中なのに」

顔をあげた沙耶はますます息を荒くして、史之の手を強く握り、ベンチに座るパンツ姿の下半身をくねらせている。

彼女は史之にこうして、卑猥《ひわい》なことを言わされるのを悦《よろこ》んでいるのだ。

「僕はまったく気づきませんでしたけど、気がついていた人もいたかもですね、この女、ビキニで歩いて欲情してるって」

「そんな……ああ」

大きな瞳をさらに潤ませながら、沙耶は腰を激しくくねらせている。

丸みのある可愛らしい顔も、いまは淫欲に蕩けきり、半開きの唇の間から湿った息がずっと漏れていた。

「ここもたくさん見られましたよね、熱かったんですか」

オレンジの夕陽に照らされた、沙耶の大きく膨らんだブラウスの胸元を見て、史之は言った。

青のビキニからはみ出したGカップの乳肉に、男たちは皆釘付けだった。

「すごく熱かったわ、ああ、とくに先のほうがジンジンとしてて、いまも……」

沙耶は顔を一度伏せ気味にすると、前に突き出している自分の胸元を見た。

先のほうとは、乳首という意味だろう。いまはブラジャーを着けているだろうから、とくに目立っている感じはしない。

「いまもですか？　はっきり言ってください」

そこで口をつぐんだ沙耶を、史之は追い込むように語気を少し強くした。史之自身も興奮して、少しおかしくなっている。

「いまも、ああ、乳首がすごく疼《うず》いてるの、ああ、ねえ、史之くんが、確認して」

沙耶はそう言うと、握っている史之の手を自分の胸元にもっていき、ブラウスの合わせ目に触れさせた。

「い、いいんですか」

史之は周りに目をやる。視界の中に人影はないが、夕陽の公園はいつ誰が通りがかるかわからない。

ただ、それもまた沙耶は望んでいるのかもしれない。

いつしか自分も興奮の渦の中にいる史之は、沙耶がうなずくのを確認してからブラウスのボタンをひとつひとつ外していく。

「あ……」

沙耶の小さな喘ぎ声が聞こえてくる中、ブラウスの前が完全に開き、純白のブラジャーとすべすべとした肌質のお腹《なか》まわりが露わになった。

ブラはフルカップのタイプだ。普段から派手な格好はしない沙耶は、下着まで少し地味目だ。

見られたいという願望とそれは別なのだろうか。

「これもずらさないと確認出来ませんから、あげますね」

ただ、いまはそんなことを考えている状況ではない。沙耶の返事をまたずに史之はブラジャーを上にずらす。

カップがくっきりと浮かんだ鎖骨のあたりまで持ちあがり、たわわな双乳がプルンと弾《はじ》けて飛び出してきた。

「ああ」

ベンチに座って腰をひねっている沙耶の身体がブルッと震えた。

沙耶は少しうしろを気にしている。公園内の通路には背を向けている状態だし、そこにも人影はないが、やはり気になるようだ。

「大きいのに綺麗なおっぱいですね」

Ｇカップだと言っていた巨乳は丸くて張りがあり、下乳には重量感がある。麗花の熟した乳房は淫靡さが強いが、こちらは芸術品のような美しさがあった。

(俺、沙耶さんのビキニの中のおっぱいを見てるんだ)

沙耶はさらなる羞恥《しゅうち》の快感に身悶えを始めている。一方で史之は別の意味で感動していた。

今日、来ていた客たちは見ることが出来ない、ビキニからはみ出た巨乳の全貌。それをいま史之は目の当《ま》たり《あ》にしているのだ。

「乳首もすごく綺麗ですけど、いやらしく尖《とが》ってますね」

薄ピンクをした乳輪も小さめの乳首。乳房の大きさを、さらに引き立てているように見えるその突起は、完全に勃起している。

史之はその尖った先端を指先で軽く弾いた。

「ひ、ひいん、あ、あああ、だめ、あああん」

むっちりとした太腿をパンツに包んだ下半身をよじらせて、沙耶は一気に喘ぎ声を大きくした。

ほんとうに周りに誰かいたら聞こえてしまいそうな声だが、きっと彼女はそれにも興奮しているはずだ。

「そんなに喘いで、誰か来たらどうするんですか。もう夕方だから公園の管理のおじさんとか、見回りしてるかもしれませんし」

人影はないが、わざとそんな言葉をかけて沙耶を煽りながら、史之は二発、三発と、乳首を強く指で弾いた。

「あ、あああん、そんな、ああ、見られちゃう、ああ、沙耶のおっぱい、ああ」

切ない顔を向けた沙耶は、力が入らなくなったのか、史之のほうにしなだれかかってくる。

はだけたブラウスから飛び出した巨乳を弾ませながら、沙耶は史之の胸に顔を埋めてきた。

「ああ、ごめんなさい、ああ、沙耶は悪い子ね」

頭を下に向けたまま、沙耶は小さく呟いた。自分を貶《おとし》めたい、そんな願望も彼女にはあるのだろうか。

「僕も興奮してますから、同じですよ。沙耶さんのエッチな声を聞いているだけで、たまりません」

史之ももう自分の感情を隠すことなく沙耶に告げ、股間を少し突き出した。

ズボンの中の肉棒は見事に勃起していて、人よりも大きめのモノの形が、くっきりと浮かんでいた。

「ああ、沙耶のいやらしい姿を見て興奮してくれているのね、ああ、嬉しいわ」

うっとりとした表情を見せた沙耶は、ベンチに座っている史之の下半身に横から覆いかぶさるようにして、ファスナーに手を掛けてきた。

「きゃっ」

ズボンの前が開くと同時に、沙耶は大きな瞳をさらに見開いて声をあげた。

すでに勃起状態の史之の肉棒のあまりの大きさに驚いたのか、乳房が丸出しの上半身を少し起こして唇を手で塞いでいる。

「すいません、僕の、大きめなんです」

もうこのリアクションにも馴れてきた気がする。とくに沙耶は基本的には真面目なタイプなので、経験豊富ということはないように思えた。

「う、うん、私の知ってるのとは比べものにならないかも」

沙耶はおののきながらも、ゆっくりと史之のズボンの前が開いた股間にそそり立つ肉茎を握ってきた。

「ああ、こんなに大きくても固いのね……」

興味を抑《おさ》えきれない様子を見せ始めた沙耶は、肉棒を手でゆっくりとしごき始める。

白く繊細な指が、竿や亀頭部を丁寧に擦りあげていった。

「うう、エッチな沙耶さんを見て、うう、興奮してましたから」

その甘い快感に喘ぎ声を出しながら、史之は沙耶の開いたブラウスの胸を見た。

正直、この丸みの強いGカップの全貌を目の当たりにした瞬間から、愚息ははち切れそうなくらいに勃起していた。

「嬉しいわ……ああ……私もすごく興奮してる。ひとりだけ、セックスをした人がいるけど、こんなに気持ちも身体も熱くならなかった……」

自分は変態だから、普通にされても興奮しなかったのかもしれない。沙耶はそう言いながら唇をゆっくりと開いた。

「大きいわ、お口に入るかな……」

エラが張り出した亀頭部をじっと見つめたあと、沙耶は赤らんだ顔をおろしてきた。

小さめの可愛らしい唇が開き、先端部を優しく包み込んでいった。

「ああ、沙耶さん」

沙耶の体温を男の敏感な部分で感じ、史之は声をあげて腰をよじらせる。

（あの美人生徒会長が俺のチ×チンを舐めている……）

同時に、高校生のころ、皆で憧れた美少女の口の中に自分がいるのだと思い、心も昂《たか》ぶっていった。

「ん、んん、んく、んんんん」

最初は恐る恐るだった沙耶だが、口内に亀頭が入りきると頭を動かしてしゃぶり始めた。

頬の裏の粘膜や舌が、エラや裏筋にねっとりと絡みついてしごきあげていく。

「ああ、沙耶さん、くう、すごくいいです」

腰が震えるような快感が突き抜けていき、史之は背中まで引き攣らせた。

そんな史之の声が聞こえたのか、沙耶は横から覆いかぶさっている上半身まで使って頭を振りたてる。

「んんん、んく、んんんん」

唾液の音を響かせながら、黒髪を乱して沙耶はしゃぶり、頬をすぼめて吸い込む。

口内の奥から唾液がさらに出てきて、摩擦が奪われた口腔の粘膜が亀頭に強く絡んできていた。

「あああ、沙耶さん、うう、もう、たまりません」

ブラウスの間から飛び出た巨乳を波打たせての激しい吸いあげに、史之はあっという間に限界に近づこうとしていた。

恥ずかしい姿を見られたいという沙耶の性癖は、いまだよく理解出来ない部分もあるが、野外での行為は確かにスリルと奇妙な興奮を感じさせた。

「くうう、すごいです、ううう」

いよいよ肉棒の根元まで痺れてきて、史之はベンチに座る身体をのけぞらせた。

そのとき、視界の彼方にふたり連れの姿が見えた。

「さ、沙耶さん、ちょっとまって」

公園に散歩にでも来ている人だろうか、ゆっくりとこちらに向かって歩いている。

まだ史之と沙耶がなにをしているのかまでは、わからないような距離だが、気づかれるのも時間の問題だ。

史之は沙耶の頭を摑んでフェラチオをやめさせる。

「あ、あん、どうして？」

小さめの唇の横から唾液を滴《したた》らせながら、沙耶は残念そうな顔をしている。

肉棒にしか気持ちがいっていなかったのか、それとも人が来たら見られてもいいと思っているのかはわからないが、瞳を蕩けさせながらぼんやりとしている。

(どこか)

ズボンのボタンを留めながら、史之は周りを見渡した。ベンチのうしろ側には広い公園の三分の一を占める森が広がっていた。

「こっちへ、沙耶さん」

彼女の胸をしまわせるよりも、森の中に入ったほうが早いと、史之は沙耶の手を引いて森に向かって駆け出した。

剝きだしの白い巨乳を弾ませる沙耶は、史之にされるがままに森の中へと入っていった。

「ハアハア、やばかったあ」

気づかれたら通報されかねない行為をしていたのだ。それをなんとか回避したことに、史之はほっと胸を撫で下ろした。

「史之くん、ごめんね。私のせいで」

さすがに散歩の人の前でフェラチオは、かなりまずいというのはわかっているのだろう、沙耶は申し訳なさそうにうつむいている。

ただ心のどこかでは見られたかったという思いもあるのだろうか、耳まで赤いし、パンツ姿の下半身を内股気味によじらせていた。

「そうですね、沙耶さんは悪い子です。じゃあここでお仕置きしましょう」

夕暮れ時の森の中はもうかなり暗い。ただまだある程度視界はきくので、史之は近くにある中でいちばん太い木に向かって、沙耶の身体を押し出した。

「ええつ、お仕置き、ああ、そんな」

太い木の幹に両手をついて背中を向けている沙耶は、顔だけをうしろの史之に向けて、濡れた瞳で見つめてきた。

その大きな目は、もちろんだが恐怖ではなく、淫らな期待に潤んでいるのだ。

「脱がせますよ、沙耶さんのいやらしいアソコがどうなっているのか、全部見せてもらいますね」

「あ、ああ……見られるのね、沙耶の今日一日ずっと熱かった場所、はうん」

史之の手がパンツのボタンに掛かると、沙耶の身体がブルッと一度だけ震えた。

漏《も》れ出《で》た声も艶《つや》っぽく、すでに沙耶は興奮の極致にいるようだ。

「お尻も今日、知らない男の人たちに見られてましたね」

パンツをずらし、同時にパンティも引き下げていく。昼間はパレオとビキニのパンティで守られていた丸尻がその全容を見せる。

乳房に負けないくらいに豊満で、プリプリとした桃尻は、張りのある白い肌をしていて、触れると指が沈み込んでいった。

「うん、うしろからの視線も凄かった」

ハアハアと息を荒くして沙耶は、史之にうっとりとした顔を向ける。

「そりゃ、こんなエッチなお尻をしてたら誰でも見ますよ。さあ沙耶さん、このいやらしいお尻をもっと突き出してください」

パンツとパンティを彼女の膝まで下げた史之は、豊満なヒップから優雅な曲線を描いてくびれている沙耶の腰を引きよせた。

「ああ……」

両手は木の幹に押し当てたまま、腰を九十度に折って、沙耶は立ちバックの体勢となった。

桃尻はさらなる丸みを見せ、下向きになって開いたブラウスの間で、大きさを増している巨乳がユラユラと揺れていた。

「さあ、沙耶さんのオマ×コはどうなっているかな」

わざと卑猥な言葉を使って彼女の羞恥心を煽りながら、史之はポケットに入っているバイクの鍵を取り出した。

鍵に着けているキーホルダーは、暗闇の場所でバイクを始動するときに助けになればと小型のライトがついたものにしている。

小さいながらに光も強いそれを手に、史之は暗い森の土の上にしゃがみ込んだ。

「あっ、そんなので照らしたら、ああ、全部見えちゃう、ああん」

足元が明るくなったのに気がついて、沙耶は声をあげている。ただ下半身はまったく動かしておらず、光から逃げようとするそぶりもない。

ライトの光源を斜め上に向け、沙耶の剝きだしの秘裂を照らし出した。

「もうドロドロじゃないですか。口もかなり開いているし、クリトリスも勃ってる」

白い桃尻の真ん中にある、ピンク色の肉裂はビラも小ぶりで固そうに見える。

ただおびただしい量の愛液が溢れていて、開いた膣口の奥に見える媚肉はネトネトの糸が引いている有様だ。

「ああん、だって、ああ、沙耶、ああ、興奮しすぎて、ああ」

沙耶はもう泣き声をあげて訴え、白い巨尻をくねらせている。自分の股間が蕩けていたという自覚はあったのだろう、そんな言葉を口にする。

上体の下で巨乳をブルブルと揺らしながら、彼女が折った腰をくねらせると、媚肉も動いて愛液が糸を引いて伝い落ちた。

「このいやらしいオマ×コにお仕置きしてあげますよ、こいつでね」

史之の心理状態も沙耶の性癖にあてられて、かなりおかしくなっており、この淫乱なマゾ女をとことん感じさせてやろうという気持ちになっている。

キーホルダーのライトを口に咥《くわ》えて立ちあがった史之は、沙耶の柔らかい尻たぶを両手でしっかりと摑んで固定した。

「いきますよ」

張りの強さを感じさせる丸尻に指を食い込ませた史之は、ズボンのファスナーの間から怒張を出し、目の前でヒクついている膣口に向かって挿入を開始した。

「あっ、あああ、ああん」

亀頭が触れた瞬間から、沙耶は前に屈めた上半身を大きくのけぞらせ、甘い声をあげている。

反応がかなり強く、土の地面に伸ばしている肉感的な足が小刻みに震えていた。

(ドロドロじゃないか……すごい……)

見た感じ以上に沙耶の膣内は粘っこい愛液に溢れかえっていて、亀頭を入れた瞬間に粘膜が絡みついてきた。

一気に奥を犯したいと男の本能が告げているが、史之は入口から少し入った位置で、亀頭を小さく動かした。

「あ、ああ、史之くん、あ、ああ、どうして、ああ」

少しずつしか進んでこない亀頭に、沙耶は木に手を置いたまま、切ない顔をうしろに向けてきた。

彼女の表情が奥を突いて欲しいと言っている。史之も腰を強く突き出したいが、懸命に耐えてじっくりと挿入していく。

「ああん、ああ、私、ああん、ああ、ああ」

沙耶の泣き声がどんどん大きくなる。同時に媚肉がヒクつき、奥からさらなる愛液が溢れている。

こうして焦《じ》らすことで沙耶の性感を煽るのが、史之の目的だった。

「ああ、だめえ、あああん、史之くうん、ああ、ああ」

立ちバックの体勢のまま、なんども顔をうしろに向け、沙耶は懸命に訴えてくる。

もう彼女は身体も心も昂ぶりきり、耐えられない状態になっているようだ。

「どうして欲しいんですか、ちゃんと教えてください」

いま肉棒は膣道の七分目といったところだ。入口からそこまでの肉もグイグイと物欲しそうに締めつけていた。

「ああん、奥っ、ああ、沙耶、奥に欲しいのう、ああ」

「奥ってどこのですか？　ちゃんと教えてください」

奥の意味はもちろんわかっているが、すぐには求めには応じずに、史之はさらに追い込んでいく。

マゾの性癖を燃やしている彼女を、焦らすだけ焦らした上で、悦びを与えるつもりだ。自分でも少し怖くなるくらい、サディスティックな感情がわきあがっていた。

「あああ、そんなあ、ああん、ああっ、ひどいわ史之くん」

さすがにそれは言えないと、沙耶は懸命に涙目を向けてくるが、史之はなにも答えずに肉棒を少しさげた。

「ああ、待って、抜いちゃいや、ああん、沙耶の、ああん、オマ×コ」

ブラウスのはだけた胸の下で巨乳が激しく横揺れするほど、大きく首を横に振り、沙耶は口を割り開いて叫ぶ。

「沙耶のいやらしいオマ×コだろう」

「そうよ、ああ、沙耶のいやらしいオマ×コの奥をっ、史之くんのおチ×チンで突きまくってえ」

もうすべてをかなぐり捨てた元生徒会長は、暗い森の中に金切り声を響かせながら求めてくる。

彼女の身も心も昂ぶりきった瞬間、史之は大きく腰を前に突き出した。

「ひいい、ひあああああっ！」

濡れそぼる肉壺を巨大な亀頭が掻《か》き分け、子宮口からさらに奥へと突き立てられた。

沙耶は絶叫を響かせながら、立ちバックの身体をのけぞらせた。

「あああ、すごく、ああ、奥まで来てる、ああ、ああ」

史之の巨根をすべて飲み込んでいるが、沙耶は苦しがるそぶりも見せずに、ただ甘い悲鳴をあげ続けている。

(すごく絞めてきてる、もっと欲しいと言ってるみたいだ)

元彼女との行為のときは、いつも痛がるのではないかと不安だった。

麗花、そして沙耶と身体を重ねる中で、充分なくらいに昂ぶった状態であれば、媚肉を引き裂くような巨根すら、女の膣は喰い絞めて貪るのだと、史之は学んだ。

「入れただけで終わりじゃないですよ」

ここからはこのマゾの女を突きまくって狂わせるのだ。そんな声が頭に響く。

突き出された桃尻を強く摑み、史之はピストンを開始した。

「あああん、あああ、奥、あああん、あああ、いい、あああん、あああっ」

血管が浮かんだ怒張が出入りを繰り返し、かき出された愛液がムチムチとした白い太腿を伝い落ちている。

沙耶のよがり泣きもいっそう激しさを増し、ライトに照らされたヒップの白肌がピンクに上気して震えていた。

(すごい、奥もグイグイ来てる)

蕩けきった膣口が強い力で締めつけてくる。待ちわびた男根を離すまいと、柔肉が吸いついてきていた。

濡れた粘膜がエラや裏筋を擦り、腰まで快感に震える。それに耐えながら史之は徐々にピストンのスピードをあげていった。

「ひいん、いいっ、ああ、あああん、すごいっ、あああ」

目の前の木の幹を摑みながら、沙耶は快感に溺れていく。史之の腰がぶつかるたびにヒップが波打ち、乾いた音が暗闇の森に響いた。

同時に、さらにボリュームを増した沙耶の喘ぎと息づかいもこだましていた。

「声が大きすぎますよ。向こうの道まで響いて、誰かが見にくるかもしれませんね」

まだ頭が少し冷静な史之は、何度ものけぞる元生徒会長のブラウスの背中を見ながら言った。

いまいる場所は木に囲まれているが、少し向こうに森を突っ切る道があり、街灯の灯りも見えていた。

「ああ、そんなことになったら、あああん、私、あああ」

史之の目線にあわせて顔を向けた沙耶は、遠くにある街灯の光を見つめながら、なよなよと首を振っている。

ただ二重の大きな瞳は、さらに蕩けて目尻まで垂れ下がっていた。

（う、また絞めてきた）

ただでさえ強かった媚肉の締まりが強くなってきて、肉棒を絞りあげるような動きまで始めている。

その甘く激しい絡みつきに、史之はつい射精してしまいそうになった。

「悪い人なら、スマホで撮影してネットにあげちゃうかもですね」

沙耶の媚肉はマゾ的な性感の昂ぶりに反応して、強く収縮しているようだ。

もちろん人影などは見当たらないが、史之は沙耶の羞恥心を煽るためにわざとそんなことを、しかも大声で言った。

「あああん、ネットに晒《さら》されたら私、あああん、もう生きていけないいっ、あああん」

言葉とは裏腹に沙耶はさらに燃えあがる。木の幹に爪を立てながら、お尻を突き出した身体をずっと震わせている。

はだけた胸の下で、Ｇカップの巨乳が激しく揺れ、肉感的な太腿も震えて波打っていた。

「ああん、沙耶、あああん、おかしくなる、ああ、もうイッちゃう、ああ」

そう叫んで沙耶は背中を弓なりにした。ブラウスが大きく舞い、むっちりとした桃尻に力が入ってキュッと引き締まる。

「うう、俺も、もうイキそうです。ううう！」

その白尻を強く握り、史之は激しく腰を振りたてる。濡れた膣奥に自身の亀頭のエラを擦りつけた。

勢いよく肉竿が膣口を出入りし、愛液が掻き回されて粘っこい音まで聞こえてきた。

「あああ、ああん、イク、ああ、こんな場所で、恥を晒しちゃう、ああ」

最後まで羞恥の快感に溺れながら、沙耶は立ちバックの身体を引き攣らせる。

その震えがブラウスの間で揺れる巨乳にも伝わり、ブルブルと激しく波を打つなか、足元までパンツとパンティが下ろされた両脚が内股によじれた。

「ああああ、イクうううううっ！」

マゾの快感に酔いしれる元生徒会長は、まさにケダモノとなってイキ果てる。

全身を強い快感が駆け抜けているのか、瞳は宙を泳ぎ、表情も完全に虚ろになっていて、いつもの清楚な雰囲気はすべて消し飛んでいた。

「ああ、ああ、すごいの来る、ああ、あああ」

エクスタシーの発作は断続的に続いているようで、沙耶はなんども立ちバックの身体を痙攣させている。

そのたびに膣肉が収縮を繰り返し、史之の肉棒をグイグイと締めつけてきた。

「ううっ、俺も、イク、うう」

若い媚肉の強い絞りあげに、史之も限界を迎えて腰を震わせた。

さすがに膣内で射精するわけにはいかないので、イク瞬間、慌てて肉棒を引き抜く。

「うっ、くううう」

愛液にまみれた怒張を自分でしごき、史之はこもった声をあげた。

先端から強い勢いで精が放たれ、沙耶のムチムチの桃尻に降《ふ》り注《そそ》いでいった。

「あ、あ、ああ……史之くん……」

なんども粘液が発射されて、尻たぶにまとわりつくように滴《したた》るのを、沙耶は顔をうしろに向けて、うっとりと見つめている。

その表情は中出しをして欲しかった、と言っているようにも見えた。

「ああ、もっと出して……沙耶のお尻に……」

そして、そんな言葉を口走りながら、沙耶はいまだ立ちバックの体勢のままの身体を、クネクネと切なげによじらせるのだった。

第三章　ボンデージにうねる白美尻

ビキニカフェの売上げはなかなかの好調を続けていた。口コミで評判が広がっているようで、平日でもかなりの来客数があった。

ランチタイム終わりから並んでいる客もいるくらいで、まさに大盛況だ。

「Bセットお願いしまーす」

明るい笑顔で麗花がカウンターの中にいる史之に言った。今日の麗花はブルーの無地のビキニで、あまり過激なデザインではない。

パレオも腰に巻かれていて、お尻も半分は隠れているが、乳肉はブラから大きくはみ出し、かなりセクシーだ。

「お飲み物はアイスコーヒーね」

客に背を向けた状態でこちらを向いた麗花は、笑顔のまま史之に向かって軽くウインクをしてきた。

誰かが見たら麗花と史之になにか特別な関係があるのかと勘ぐられそうで、ドキドキと鼓動が早くなった。

「お姉さん、こっちも注文お願いします」

「はーい、ただいま」

テーブル席の客から声がかかり、麗花はパレオの下の引き締まったヒップをくねらせて早足で歩いていく。それを男たちがかぶりつきで見ている。

昼はここで働き、夜は夜で自分の店をしているというのに、疲れた顔すら見せないのは、やはり儲かっているからだろうか。

彼女のスナックには、ビキニカフェの客が流れてきて、ほくほくの様子だ。

「こちらはAセットお願いします」

続けてカウンターの前に来た沙耶が、いつものように物静かな言葉で言った。

基本的に三人は同じデザインで色違いのビキニを身につけていて、沙耶は紺のブラジャーとパンティにパレオ姿だ。

少し地味目の色にも思えるが、彼女のグラマラスな身体はそれに負けずに、たわわな肉感をアピールしている。

「飲み物はアイスティです」

これも静かに言った沙耶だが、その顔はどこか赤く、息も少し荒い。

(発情してる……)

彼女の性癖を知ったいまでは、その妖しげな表情の意味も理解している。

いまも沙耶は客たちの視線を、はみ出したGカップや、ムチムチとした下半身に浴びて露出の快感に酔いしれているのだ。

そしてその肉体から発せられる淫靡な香りが、さらに男たちを魅了してひきつけていた。

(でもさすがにまずいよな……沙耶さんと麗花さんは同じ空間で働いているんだし)

同じフロアで男たちの注目を浴び続ける美女ふたりと肉体関係にある。

彼女たちと付き合っているというわけではないが、それでもばれたらまずいことになる気がして史之はヒヤヒヤしていた。

「あの……史之くん、私も中、手伝おうか？」

最後にカウンターの入口に近づいてきた菜央が、頬をピンクに染めて言った。

彼女の顔が上気しているのは、沙耶のように欲情しているからではなく、純粋に恥ずかしいのが理由だ。

声をかけてきたのは、史之が忙しそうだというのもあるだろうが、男たちの視線から少しでも逃げたいという思いだろう。

「いや、無理ですよ、その格好じゃ火傷《やけど》しますから」

菜央のビキニは薄い黄色で、それが白肌のグラマラスボディによく似合っている。

Iカップの巨乳はカップから大きくはみ出し、鎖骨の下まで大きな肉房ができている。

さっき麗花が教えてくれたが、ブラのサイズがGカップまでしかなかったらしく、2サイズ上の柔乳をそれに無理矢理押し込んでいるそうだ。

「そうよね、うん」

史之の返事に納得はしているようだが、菜央は残念そうに頭を落とした。

その動きで少し身体が前屈みになり、ビキニブラに寄せられた柔肉がさらに強調されて、カウンターに座っている客が唾《つば》を飲んだ。

とくにサービスしているつもりはないだろうが、Iカップのバストをもつ豊満な肉体は、男たちの淫情をそそっている。

（ん？）

カウンターに並んだ男性客数人が、少し首を伸ばすようにして菜央の谷間を見つめている。

恥じらっている菜央はエロティックであるのと同時に可愛らしい。ただ同時に史之は心の中にもやもやとしたものを感じるのだ。

(嫉妬？　でも少し違うような……)

男たちに淫らな視線を向けられる沙耶に、中学生のころから彼女に憧れていた史之が嫉妬の感情を持つのは当たり前なのかもしれない。

ただ一方で、男に見られている彼女に奇妙な興奮を覚えているのだ。

(やばいな……俺もかなりおかしくなってきている)

麗花、沙耶と、自分の性欲や欲望に正直なふたりと連続して身体を重ねたことで、史之自身も変な性癖に目覚め始めているのかもしれない。

男に見られまくって恥じらう美熟女に興奮する。我ながら少し頭がおかしい。

「こっち、お会計お願いします」

ぼんやりと調理を続ける史之に、入口のレジの前でお客が声をかけてきた。

「は、はい、ただいま」

はっとなった史之は、仕事中だと自分に言い聞かせながら、急いでレジに向かった。

仕事中はよけいなことは考えない。そう決めたが、やはり美女三人のビキニ姿は、どれだけたっても見慣《みな》れることはない。

「いらっしゃいませー」

カウンターの中の仕事に集中しようと下を向いていたとき、麗花の声が聞こえて史之も顔をあげた。

いまは少しお客さんも引いていて、ビキニカフェの時間にしては珍しく空席もある。

「史之くん、ほんとにここで働いてるんだー」

入ってきたお客は珍しい女性のふたり連れだったが、そのうちのひとりが史之を見るなり声をあげた。

「み、美穂《みほ》ちゃん……」

ノースリーブにショートパンツの若い女性を史之は知っている。というか忘れようもない。

史之が春先まで交際していた元彼女だ。名前を美穂と言い、同い年で、地元の違う大学に通っている女子大生だ。

「ひ、久しぶり」

別にけんかをして別れたわけではなく、お互いになんとなく心が離れてしまって、交際を終わらせた。それも美穂のほうから別れようと言ってきたのだ。

ただやはり元カノが目の前に現れると動揺してしまう。

「へえ、ネットで見たけど、ほんとうにビキニなんだ」

案内もされていないうちから、美穂は勝手にカウンターに座った。もうひとりの女友達はなんだか苦笑いしながら彼女の隣に座った。

「う、うん、まあ忙しくしてるよ」

「あはは、史之くんがビキニだったらどうしようかと思ったよ。元カノとして」

「まさか、そんなわけないだろ」

美穂が発した元カノという言葉に、史之はドキリとした。同じ店内には麗花と沙耶という、史之と身体の関係を持った女がいるのだ。

恐る恐る、店内を見ると沙耶は無表情。麗花はあきらかに目つきが怖くなっている。

「いらっしゃいませ」

そんな元カノの前にお冷やを置いたのは、菜央だった。麗花と沙耶のどちらかではなかったことに史之はほっとするが、菜央もなんだか目つきが悪い。

声もあきらかにとげがある感じがする。いつもは恥ずかしがりながらも笑顔なのに、なんだか菜央もおかしい。

「すご……」

美穂の隣に座る友人の女性が菜央のビキニのブラからはみ出した、白い上乳を見て思わず声をあげた。

Ｉカップの巨乳は同性の目から見ても、迫力があるのだろう。菜央はそのまま怖い顔で美穂たちから離れていった。

（なんなんだ、菜央さんまで）

まず、美穂がなぜここに来たのだろう。言葉を聞く限り、史之がこのビキニカフェで働いているのは知っていたようだ。元彼の働く店にわざわざ来た意味がわからない。

そして菜央のツンとした態度も、いつもの彼女ではなく、史之は戸惑うばかりだった。

「ほんとねー、私なんて、貧乳だからねえ、自慢できるのは脚だけかなあ」

友人が菜央の巨乳に見とれているのを見て、美穂はカウンターの椅子に座ったまま、ショートパンツから伸びた右脚を持ちあげた。

美穂はスレンダーな体型で、その分、ウエストも締まり脚も長くて細い。ただなぜいまそんな自慢をするのか。

麗花や菜央の目がますます怖くなるし、店内の男性客たちもわざわざ持ちあげられた、美穂の生脚をチラチラと見ている。

送った。

「ご、ご注文はどうしましょうか」

「あ、ごめーん、どうしようかな」

やけに明るい笑顔で美穂はメニューを見る。そして、ちらりと麗花や菜央に視線を送った。

（なんなんだよ、いったい）

別れた元カノの行動が理解出来ず、史之は頭を抱えたい思いだった。

美穂はそのあと頼んだメニューを食べ終えて、友人とともに帰っていった。

明るく手を振る美穂に対し、連れの女性が少し申し訳なさそうに史之を見ていたのが印象に残っていた。

「いるよねえ、ああいう女」

『オーシャン』も閉店時間となり、洗い物や店内の片付けをしていると、着替えをすませた麗花がやって来て言った。

史之は調理場にいて、麗花と、これも着替えをすませてテーブルを拭《ふ》いている菜央が店内にいる。沙耶は先に店をあとにしていた。

「へっ、ああいう女って？」

麗花が言っている女というのが、美穂を指すのはわかっている。史之にはよくわからなかった、美穂が元彼の職場にわざわざ来た理由に麗花は気づいているようだ。

「あんたがビキニの美人に囲まれてるって聞いて、私のほうがいい女だってマウント取りに来たのよ。女としておもしろくなかったのよ」

麗花は男にはわからないかもしれないけど、けっこうそういう考えを持つ女もいると言った。

「ええっ」

史之は驚くばかりだ。そんなことをして美穂になんの得があるというのか。

自分でビキニの美人と言ったことはともかく、経験豊富な美熟女の言葉にはやけに説得力があった。

「別に史之くんとよりを戻そうって考えじゃないのよ、自分のほうがいい女だと言いたいだけ。ねえ、そんな女いるよね、菜央ちゃん」

「う、うん、そうね、いるわね」

麗花に話を振られると菜央もうなずいている。女性にはわかるのだろうか。ただ菜央もなんだかごにょごにょと歯切れが悪い。

「ふふ、あの女の目的どおりに、誰かさんはヤキモチ妬《や》いてるしね」

麗花は突然、そんなことを言い出し、掃除をしている菜央のほうを見た。

「そ、そんな、私がヤキモチって、どうしてっ。なんのことよ」

テーブルを拭いていたTシャツ姿の身体を起こして、菜央は引き攣った声をあげた。

普段は落ち着きのある菜央がそんな声を出すのも珍しい。しかも顔が一気に真っ赤に染まっている。

「あら図星？　冗談のつもりだったんだけど」

「な、なんの、図星よ。私はなにも思ってないから」

意味ありげな笑みを浮かべた麗花の言葉に、菜央は激しく頭を横に振っている。

(俺の元カノが来て、菜央さんが嫉妬……嘘だろ)

先日、菜央が男性客に身体を凝視されている姿を見てわきあがった、胸に引っかかるような感情。

それを今日、菜央も抱いていたというのか。史之は呆然となる。

「あはは、わかりやすいねえ」

「だから違うって、私と史之くんは生徒と先生なの」

「もう生徒でも先生でもないじゃん」

麗花にからかわれて菜央が頬を膨らませて怒っている。そんな彼女を見るのも初めてだ。

（菜央さんが嫉妬……嫉妬……）

可愛らしい姿を見せる年上美女を見つめながら、史之は頭の中でなんども繰り返していた。

片付けを終えて、菜央にお疲れ様を言ったあとも、史之の心はざわついたままだ。菜央の本心はどうなのか。そんなことを考えながら史之はひとり、『オーシャン』の裏口から出て来た。

店の裏口の外は、幅が二メートルほどある、少し幅広の通路になっていて、史之はいつもそこにバイクを止めている。

「あ、史之くん、今日はバスで来たんだ……私」

史之の中型のスクーター。その前に先に帰ったはずの沙耶が立っていた。

「え……と、じゃあ送りますよ」

周りに麗花や菜央がいないのを確認してから史之はうなずいた。人目を気にしているのは、沙耶があきらかにモジモジとしているからだ。

「ありがとう、うふふ」

いつもクールな感じの沙耶が、ぱあっと明るい笑顔を見せた。自分だけが彼女の少女のような表情を独占していると思うと、心がざわついていても嬉しい。

ただそのあとに沙耶はなんとも妖しい笑みを浮かべた。それを見た史之はもういやな予感しかしなかった。


その予感はやはりあたっていた。帰り道、例の公園の近くにさしかかったとき、沙耶はバイクの前に乗る史之の背中にギュッとしがみつき、また行きたいと言った。

「は……はい……」

史之もとくに逆らったりしなかった。沙耶には申し訳ないが、史之もこのまま家に帰っても落ち着かないので、なにかをしていたかったのだ。

史之は元生徒会長を乗せたバイクを走らせ、公園の駐輪場に入れた。

そしてふたりで手を繋いで、深い森に向かっていく。夕方の公園は静まりかえって、今日も人影はない。

「あん」

芝生広場を抜ける小径を歩きながら、沙耶は少しふらついて転びそうになった。

倒れることはなく、すぐに歩きだしたが様子がおかしい。

（また欲情しているのか？）

今日もビキニカフェは大盛況だった。当然ながら沙耶の羞恥心も強く煽られたようで、丸みのある顔全体がほんのりと赤い。

天気もいいので夕方ながらにまだかなり明るい。夏の夕暮れはここからが長いように思えた。

「今日こそ誰かに見られるかも……明るいし」

森の中に入っても、木々の間からまだ強めの陽射しが差し込んでいた。

それを見あげながら沙耶はぼそりと呟き、身体をブルッと震わせた。この震えは彼女は昂《たか》ぶっている証だと、史之はもう知っていた。

「そうですね、この時間だと人も森のほうに歩いてくるかも」

さすがに史之も気になって周りを見回した。この公園で彼女と行為に及ぶのは二度目ではない。

あれから誘われるがままに、なんどもこの森で沙耶の露出の性癖を煽りながら、自分のモノでよがらせ狂わせていた。

その中で今日はいちばん明るい。ただ史之のほうも回数を重ねるうち、このスリルを楽しむ気持ちも芽生え始めていた。

「ここから脱いでみますか？」

今日も沙耶は地味目なスカートにブラウスだ。デザインも緩めなのでグラマラスボディも少し抑えめに見える。

先日、沙耶に露出を悦ぶ性癖があるのに、普段は普通よりも身体が隠れる服なのはなぜかと、質問した。

『普段から肌を出した格好してたら、歩けなくなっちゃうから』

そう答えた彼女は欲情しきった顔をしていた。歩けなくなるとは、興奮しすぎて外を歩けなくなるという意味だろう。

いまは歩けなくなっても史之がいるからかまわない。彼女は最高のスリルと興奮を味わえるのだ。

「ああ、そんな……ちょっと今日は下に……」

森を突っ切る遊歩道でスカートの腰をくねらせながら、沙耶は赤らんだ顔を向けてきた。

「大丈夫ですよ、人もいませんし、誰か来たらすぐに横の森に入ればいいんです」

そう言って史之のほうから沙耶のブラウスのボタンを外していく。

沙耶は、ああ、と小さく呻《うめ》いたまま、されるがままに身を任せてきた。

「えっ」

ボタンがすべて外れてブラウスがはだけた瞬間、声をあげたのは史之のほうだった。

白の生地の下から現れたのは、Ｇカップのバストやウエスト周りを締めあげている黒いベルトだったのだ。

「さっきお店を出るときに、トイレで着替えてきたの」

湿り気のある息を吐きながら言った沙耶は、ウエストのボタンを外し、スカートを自ら脱いだ。

「おおっ」

ムチムチとした沙耶の白い肉体を、黒い革のベルトのボンデージ衣装が締めあげていた。

三角形に囲むベルトによって絞り出された巨乳はいびつに形を変え、腰や少し陰毛が薄めの股間にもそれが食い込んでいた。

「通販で買ったの……ああ……やだ、ほんとに人が来たらどうしよう」

スカートで胸のところを隠しているが、もちろんうしろは丸出しだ。

たっぷりと肉が乗った桃尻にＴバックよろしく、縦に黒ベルトが走っていた。

「そうですね、警察を呼ばれますよね、これ」

こんな衣装は史之もアダルトビデオかなにかでしか見たことはない。

ただ可愛らしい顔立ちの沙耶がこういうものを身につけると、さらに淫靡に見え、史之は目が離せなかった。

もう自分もハアハアと息を荒くして興奮しながら、彼女の手を握った。

「いきましょう、もっと奥へ」

脱いだブラウスとスカートを沙耶のバッグに入れさせ、史之は遊歩道を進んでいく。

いつも彼女と青姦する場所は百メートルほど先だ。人影はないが、どこに誰がいるのかわからないし、まだ明るいので遠くからでも裸だと気づかれそうだ。その緊張感がスリルにかわってたまらない。

「ああ、はうん」

史之に手を引かれるまま、沙耶はよろよろと歩きだす。三角のベルトに絞られた巨乳がブルブルと弾む中、沙耶は大きな声をあげてのけぞった。

「これ、ああん、お股に食い込んでるの、ああ」

ずっと沙耶が腰をくねらせているのは、股間から桃尻の谷間まで縦に一本通されたベルトが、女の敏感な部分を刺激しているからだ。

さっき芝生広場で沙耶が転びそうになったのも、それが理由かもしれなかった。

「これですね」

その股のベルトを、史之はわざとぞんざいに引っ張りあげた。黒革のそれが陰毛の薄い股間に厳しく食い込んだ。

「は、はああん、だめえ、そんなことされたら、もう歩けない、ああん」

沙耶は背中を大きくのけぞらせて悩ましい声をあげた。瞳は宙を泳ぎ、膝が震えて腰砕けになっている。

「ほら、早く歩かないと、ほんとうに誰か来ますよ」

股間のベルトは引いたまま、史之は冷たく言って前に歩きだした。

「ああん、史之くんの意地悪、ああん、こんなの歩けないよう」

乳房を大きく波打たせながら、沙耶はフラフラと史之についてくる。その言葉とは逆に、こちらを見つめる目は妖しく蕩けきっていた。

森の奥のほうにある太い木々に囲まれた場所。そこにたどり着いたとき、沙耶は意識も怪しい感じだった。

「まずはしゃぶってください」

力なく土の上に膝をついた沙耶に、史之が命令口調で言いながらファスナーを下げると、彼女はむしゃぶりついてきた。

「ああ、あふ、んんん、んく」

大胆に舌を絡ませ、そこから亀頭を飲み込んで頭を振りたてる。そして愛《いと》おしさも込めて激しく舐めしゃぶるのだ。

「おっぱいが揺れてますよ」

今日は木の間から光が入ってきていて、森の中は薄暗いといった程度だ。

ベルトに囲まれて絞り出された巨乳に手を伸ばすと、史之は彼女の淫情を刺激する言葉をかけながら、その柔肉を揉みしだいた。

「んんん、んく、んんんん」

乳房に史之の指が食い込み、沙耶は地面に膝をついた黒ボンデージの身体をくねらせるが、それでも肉棒をしゃぶり続ける。

沙耶は史之の肉棒で初めて膣奥での絶頂を知ったと言った。史之が自分の性癖を受け入れて責めてくれたおかげだと。

「んんん、んん」

そして史之の巨根で口を犯されるのもたまらないと、喉《のど》の近くまで亀頭を飲み込んで吸い続けるのだ。

「乳首も勃ってますし」

乳房を揉まれても一心不乱にフェラチオを続ける彼女の、揺れる乳房の先で固く勃起している乳首をこね回した。

「んんん、んん、だめえ、ああん、そこは、あああ」

敏感な乳首をグリグリとこねられ、さすがにたまらなくなったのか、沙耶は肉棒を吐き出して泣き声を漏らした。

開いた唇の横から唾液を垂らし、立っている史之を切ない顔で見あげてきている。

「ほんとうにエッチな人ですね」

そんな彼女をさらに追い込むべく、史之は両方の乳首を摘《つ》まんで少し強めに引っ張った。

「あああ、ああん、それだめ、はあああん」

もうなにをされても感じる状態の沙耶は、ボンデージ姿の身体をなんども引き攣らせてよがり泣いた。

膝をついた下半身もずっとよじれていて、たっぷりと肉が乗った白尻も大きくうねり続けている。

「じゃあ、どうして欲しいのですか？」

全身から牝のフェロモンをまき散らしている沙耶の中に、いますぐにでもこの唾液にまみれた怒張をぶち込みたい。

その感情をなんとか我慢して、史之は冷たい目を向けて言った。

「ああ、私、ああ、欲しい。沙耶はエッチな子だから、おチ×チンを入れたくてたまらないの」

少し高めの声で甘えるように言った沙耶は、目の前にある史之の脚にしがみついてきた。

そして股間でそそり返っている怒張の先に、チュッチュッとキスをして舌を這わせてくる。

性感の昂ぶりのあまり悩乱した元生徒会長は、肉欲にすべてを蕩けさせている。

「わかりました。じゃあ今日は俺のほうを向いてそこに立ってください」

史之は周りの木の中で、いちばん幹が太い一本を指差した。

瞳を蕩けさせたままうなずいた沙耶は、フラフラとした足どりで木に背中を預け、まっすぐに立った。

「これは外れるようになっているんですか？」

「うん……ああん、だめ、ああ、そこのボタンよう、あああ」

彼女に質問しながら、史之は薄毛の股間に食い込んでいる革ベルトを引っ張った。女の裂け目に強くベルトが食い込み、沙耶は激しい声を森の中に響かせながら、自分の下腹部にあるベルトのつなぎ目を指差した。

「ここですね」

黒革のベルトと同色のボタンを外すと、股を締めている一本だけがはらりと落ちた。白い太腿の間にだらりと垂れ下がったベルトの裏に、愛液が糸を引く。

史之は自分の身体を彼女と向かい合わせにして立ち、腰を屈めて下からゆっくりと肉棒を押しあげた。

「ああ、はああん、固い、ああん、これ、待ってたのう」

木の幹にもたれて、両脚を開き気味にした身体を引き攣らせ、沙耶は早速感極まった声をあげた。

膣内は当然のようにもうドロドロで、彼女の言葉と同様に待ちわびていたとばかりに亀頭を締めあげてきた。

「外でこんなに大声出して、恥ずかしい人ですね」

いたぶりの言葉をかけて彼女の被虐的《ひぎゃくてき》な感情も煽りながら、史之はあくまでゆっくりと怒張を突きあげていく。

沙耶の中はドロドロの状態で、肉厚の媚肉が貪るように喰い絞めてきてたまらない。

「ああ、はあん、あああ。沙耶の中、ああん、大きなおチ×チンで広がってる」

黒髪の頭をなんども横に振りながら、沙耶は艶のある息を吐いてよがり泣いている。

そんな彼女の蕩けきった顔を見つめながら、史之はあくまでゆっくりと怒張を挿しあげていった。

（このほうが沙耶さんは……でも、脚がきつい……）

焦らしながらゆっくりと奥に向かって亀頭を挿入すると、沙耶の感度はさらにあがるだけでなく、心理的な効果も強いようだ。

ただ、いまの向かい合って立つ立位の体勢でじっくり入れようとすると、史之は中腰をキープせねばならず、膝や太腿《ふともも》がきつかった。

「あああ、ああ、もうすぐ、ああん、奥に、ああ、ああ」

そんな中で沙耶はどんどん情欲を昂ぶらせている。いまだにベルトで縛《いまし》められている丸みのある巨乳を踊らせ、大きな瞳を濡らしてよがり泣く。

乱れ狂う元生徒会長を見ていると、史之はこの女をさらに狂わせたいという、サディスティックな欲望に囚われ、脚の痛みも忘れてじっくりと怒張を持ちあげるのだ。

「ああ、あああ、もう来る、あ、ああ、奥、はあああん」

ようやく最奥に怒張が達すると、沙耶は木にもたれた身体をのけぞらせて、手脚を震わせている。

それだけでイッたかと思うような強い反応で、もう視線も定まっていない。

「誰か来たらすぐに逃げられるように心構えしとかないと。もう少し冷静に」

自分で彼女を追い込んでいるというのに、そんな言葉をかけ、史之はゆっくりと怒張のピストンを開始した。

もちろん彼女の被虐的な感情を煽るためで、ほんとうに誰か来たとしても、すぐには動けない状態であるのはわかっている。

「はああん、ああ、無理、ああん、沙耶、感じすぎてるから、ああ、見られちゃう」

ボンデージの身体を木にもたれさせたまま、沙耶はなよなよと首を横に振った。

同時に媚肉がギュッと収縮する。スリルとマゾの興奮に彼女の膣も反応している。

（くう、ゆっくりのほうがきつい……！）

さらに狭くなった膣道に亀頭が絞られ、史之は頭の先まで突き抜ける快感に白い歯を食いしばった。

ゆっくり動くということは、肉棒のほうも焦らされていて、感度がさらにあがっていた。

「ああん、もう、ああ、警察に捕まってもいい、ああ、たまらない」

沙耶のほうも感極まっている様子だ。いつもクールな顔も別人のように淫靡に溶け落ち、黒ベルトの間で揺れる巨乳もピンクに染まっていた。

「お巡りさんの前で、なにをしていたか全部しゃべらされますよ」

沙耶のマゾ性を煽りながら、史之は満を持して怒張の動きを速くしていく。

もう充分に女体は燃えさかっている。ここからは一気に責める時間だ。

「ああ、あああん、そんな、ああん、恥ずかしい、ああん」

警官に卑猥な尋問を受けるのを妄想しているのだろうか、沙耶は蕩けた瞳を、薄暗い森の上方に向けながら激しいよがり泣きを見せた。

「あああん、ああ、私、ああん、変態女だと、ああん、みんなに知られちゃう、ああああん、いいっ、もうそれでもかまわない、ああん」

もうすべてが性感に直結している沙耶は、木にもたれた白く肉感的な身体をのけぞらせる。

小さめの唇が大きく割り開かれ、ピンクの舌までのぞいていた。

「そうです、沙耶さんは本物の変態だ」

目の前で揺れるベルトに絞られたGカップを鷲づかみにし、史之は力の限りに怒張を振りたてる。

焦らされて昂ぶりきり、大量の愛液にまみれている肉壺を、硬化した亀頭で激しくピストンした。

「あああ、そうよ、ああん、沙耶はどうしようもない変態なのぉ、ああっ」

立位で繫がった肉感的な身体が、突きあげられて上下し、巨乳もブルブルと波打つ。

沙耶は目の前の史之の肩を摑みながら、頭を少し前に落として唇を割り開いた。

「ああ、狂わせてっ、あああん、沙耶を、あああっ、もっと恥ずかしい女にしてぇ！」

森全体に響くのではないかと思うような絶叫とともに、沙耶は再び顔をあげて蕩けた瞳を史之に向けた。

「イクんですね、沙耶さん。俺ももうすぐ、くう、おおお」

彼女の限界が近いのはわかっている。そして史之の肉棒も根元まで痺れきって、いまにも暴発しそうだ。

最後とばかりに向かい合う沙耶の膣奥に、激しく怒張を打ちあげる。

「ああ、来て、ああ、今日は大丈夫な日だから、ああ、史之くんの精子ちょうだい」

沙耶もそれに呼応して、自ら腰を前に突き出すようにして求めてくるのだ。

濡れそぼる膣奥に、亀頭がぐりっと擦られ、史之の腰に強烈な痺れが走った。

「あああ、イク、イク、イッちゃうう、ああああっ！」

もう出る、というその瞬間に、沙耶も絶頂にのぼりつめた。黒ベルトが食い込んだ白い身体をのけぞらせながら、巨乳を波打たせて全身を震わせた。

「俺もイク……！」

史之も限界を迎え、膣奥に怒張を突き立てながら熱い精を放った。

「あああ、すごい、ああん、史之くんの精子、ああ、私の中にきてるよう」

ろれつの回っていない言葉を繰り返しながら、沙耶は身体を痙攣させている。

そのたびに巨乳が波打ち、むっちりとした白い下半身がガクガクと震えていた。

「ああ、俺も、ああ、すごくいいです、まだ出ます」

目の前の沙耶の身体を強く抱きしめながら、史之も信じられないくらいの量の精液を発射し続ける。

蕩けきった膣奥が彼女の身体が震えるたびに収縮し、史之の怒張から精液が搾《しぼ》り取られていった。

「ああん、ああ、もっと出して、ああ、私のお腹をいっぱいにして、またイク」

妖しく瞳を輝かせながら、沙耶も絶頂の発作に酔いしれている。

かなり日も落ちて薄暗い森の中で、ふたりはただひたすら悦楽に溺れ続けた。

第四章　スロー挿入にアクメ啼きするママ美女

昼間のランチタイムの時間も、史之は『オーシャン』の仕事を手伝っている。

工場がなくなって少し客が減ったとはいえ、お昼ご飯どきは、地元の会社の人たちも食べにくるのでそこそこ忙しい。

「これ、海水浴場のところで配ってたよ。水着の女の子が」

常連の男性が、いまは客のひとりとしてランチを食べに来ている麗花に、一枚のチラシを手渡した。

「なにこれ、キャバクラ嬢が接客？」

そのチラシを手にした麗花が眉間にシワを寄せた。彼女はカウンターに座っていて、その上にチラシを置いたので、史之と菜央もなにごとかと覗き込んだ。

「海辺のビキニカフェ？」

チラシには、すぐそばのビーチにビキニで接客をする海の家がオープンするという告知と、ここからいちばん近い繁華街にあるキャバクラの店名が書かれていた。

派手目な感じの美女のビキニ姿の写真が、大きく印刷されていた。

「なによこれ、パクりじゃん」

麗花は憤慨《ふんがい》している。海水浴場はここから目と鼻の先なので、商圏も丸かぶりだ。

『オーシャン』にビキニ目当てで来る客もほぼ海水浴の男たちなので、下手をしたら全員もっていかれる可能性があった。

「やばいですね、明日からか……」

さすがにそこまでは史之も予想していなかった。チラシには営業は明日からと書かれている。

「明日からなら今日は準備してるでしょ。史之くん、敵情視察にいくわよ」

厳しい顔のまま、麗花がカウンターの中の史之に言った。


近くの海水浴場は白砂のビーチとして有名な場所だ。夏の陽射しに眩《まぶ》しいくらいに輝く砂浜は、平日の今日も盛況だ。

海の家も五軒以上はあるだろうか。その中のひとつがロープに囲まれていて、人が慌ただしく動き回っていた。

「あそこね」

日焼けがいやだと、長袖にパンツ、帽子にサングラスと完全武装の麗花がそこに一直線に向かっていく。史之はそのあとをついていくのだが、はたから見れば、ハイソなマダムとおつきの男といった感じだ。

案の定、砂浜に腰の高さに張られたロープには、さっき見たビキニカフェのチラシがいくつもぶら下がっていた。

中には白の丸テーブルがいくつか並べられているが、椅子はまだ置かれていない。

麗花は遠慮なくそのロープをくぐると中にずかずかと入り、ひとりの女性に声を掛けた。

「やっぱり、あんたの店か」

「あら、お母さん、久しぶり」

麗花がその女性に近づいていったので、史之も仕方なしにロープをくぐってあとに続く。

南国のビーチリゾートにあるカフェ風の造りの、海の家の前にいた女性が振り返ってサングラスを取り、麗花に向けて少々、とげのある感じで言った。

「お姉さんの間違いじゃないの？　姫乃《ひめの》」

背筋を伸ばして仁王立ちした麗花は、負けじと嫌みなトーンでその女性に言い返している。

「お姉さんって、いい歳してよく言えるわね。世間じゃババアの歳だよ」

そして相手も一歩も引かない様子だ。ふたりの間にバチバチと火花が飛んでいるような幻が史之には見えた。

「ひ、姫乃さん……ですか？」

史之は、麗花を睨みつける、パーカーを着て、下はショートパンツから美しく細い脚を砂浜に伸ばしている女性に言った。

その顔には確かな見覚えがあった。

「あら、史之くん、久しぶりね」

母に対する表情から一変し、女性はにっこりと笑顔を史之に向けた。

麗花がかなり若いころに出産したという彼女の娘は、増田《ますだ》姫乃といい、地元の中学で史之の一学年上の先輩だった。

だから歳は二十一歳、現在は繁華街にあるキャバクラで働いていると、麗花が呟いているのを聞いた覚えがある。

彼女は中学を卒業すると、少し離れた場所にある全寮制の高校に進学したので、史之が会うのはそのころ以来だ。

「お、お久しぶりです」

中学時代、学校一の美少女と言われていた姫乃。その美しさにさらに磨きがかかったように見える。

少しブラウンが入った長い髪、母に似た高い鼻と切れ長の瞳。そしてここはあまり似ていない薄めの唇が可愛らしい。

ただキャバクラの世界で働いているというだけあって、全体的に派手でゴージャスな感じがして、史之は少し緊張気味に頭を下げた。

「なにビビってんのよ。商売敵《がたき》に腰引けちゃだめじゃないの」

そんな史之を見て、麗花が不満げに言った。相手は自分の娘だというのに、あきらかに敵意が剝きだしだ。

「ちょっと麗花さん、落ち着いて……」

「男のくせにしっかりしなさい」

「しっかりしてないのはほんとうですけど。でも姫乃さん、先輩だし」

麗花に煽られても、史之の態度は変わらない。姫乃の前でモジモジとしているのには、他の事情もあった。

（あのときのキス……）

地元の中学を姫乃が卒業していく日、史之は彼女に校舎裏に呼び出された。

当時、姫乃の同級生に史之と仲のいい先輩女子がいて、その人を経由して姫乃とは知り合いではあった。ただそれは、仲間内でファミレスなどに集まった際に、少々しゃべったりしたくらいの、顔見知りレベルの関係だ。

姫乃とは、ほとんどふたりきりで話した覚えもなかった史之は、なにごとかと校舎の裏に行った。

そしてそこで史之は、卒業証書を持った姫乃にいきなりキスをされたのだ。

『じゃあね』

それがファーストキスで驚いて固まった史之に、姫乃はそれだけ言って手を振り去っていった。

卒業式の直後に姫乃は町を離れたので、なぜキスをしてきたのか聞かないまま、時が過ぎていた。

「うふふ、相変わらず優しいね、史之くんは。そこのおばさんと違って」

意味ありげに笑いながら、史之をちらっと見たあと、姫乃はまた麗花を見た。

そういえば、麗花はあまり姫乃のことを話さない。親子関係はあまりうまくいっていないのだろうか。

「落ち着きましょうって」

そして史之はこの場でどうしていいのかわからない。ふたりの間に割って入るにしても、麗花とは肉体関係、姫乃とはキスをしている。

母子ともになにかしらの関係があるので、よけいに口を出しづらかった。

「私が『オーシャン』で、水着で働いてるのを知っててやるわけよね。ライバル的なあれってやつ？」

「さあ？　そういえばお店のスタッフが、ここの近くにおばさんがビキニで接客するカフェがあるって言ってたけど、そこのことかな」

ふたりの間にまた火花が飛んでいるように見える。麗花も姫乃もそろって人目をひく美人なので、周りの海水浴客たちも注目し始めた。

「おばさん、おばさんって、連呼して。まあいいわ」

さすがにそんな状況はよろしくないと思ったのか、麗花が大きく息を吐いてから静かに言った。

「あんたも、ビキニで働くわけ？」

「そうよ、オーナーに頼まれたからね。ほら私、ナンバーワンだし、出ないと始まらないでしょ」

姫乃はパーカーの背中を少し反《そ》らして胸を張り、自信ありげに笑った。

母ほどではないが充分な胸の膨らみがわかる。美しい顔立ちに抜群のスタイル、キャバクラでナンバーワンだというのも納得出来る。

そしてなにより姫乃には、周りをぱっと明るくするような華《はな》があった。

「なら菜央ちゃんのお店で働きなさいよ。同じ水着のカフェだし、あんたも昔、菜央ちゃんに勉強教わったりしてお世話になったでしょ」

娘に負けじと、長袖Tシャツの胸を膨らませている巨乳を突き出し、麗花は強い口調で言った。

「えっ、ええっ」

これに声が出たのは史之のほうだった。敵情視察だと言っていたのに、なぜスカウトする話になっているのか理解出来ない。

確かに美人でスタイルもいい姫乃なら、ビキニも似合いそうだし、客もさらに増えそうだが。

「なんで私がそっちで働くのよ、馬鹿じゃないの……」

突然の母の発言に、姫乃も怒るというよりは驚いている。そんな中で姫乃はまつげの長い切れ長の瞳をちらりと史之に向けた。

「史之くんはどう思ってんの？」

そしてぼそりとそんなことを口にして、眩《まばゆ》いばかりの白砂の上に立つ身体を史之のほうに向けた。

「えっ、俺がですか？」

史之はさらに呆然となった。なぜそんなことを聞くのか理解出来ないが、ただ答えはもちろんひとつしかない。

「いや、それはもちろん来てもらえると嬉しいですけれど」

わけはわからないが、もし姫乃が働いてくれたら、店は大助かりだろう。姫乃がビキニで接客をする店なら、史之も客として行ってみたい。

「じゃあ、ちゃんと頼んでよ。それなら働いてやらないでもないわよ」

そして姫乃は史之のほうを向いて、少し照れたような感じで言った。

もはやなにが起こっているのか、史之は考えが追いつかない。ちらりと麗花のほうを見たら、砂浜に立ったまま怖い顔でこちらを見ていた。

その目が、自分も怒りをこらえてスカウトしているのだから、お前もわかっているよな、と言っているように思えた。

「姫乃さん、『オーシャン』で働いてもらえないでしょうか、お願いします」

姿勢を正して気をつけをした史之は、腰を九十度に曲げてお願いした。

なんで姫乃がそんなことを言ったのかはわからないが、彼女が働いてくれるのなら最高にありがたい話で、頭を下げるくらい安いものだ。

「ふふ、いいわよ。じゃあ明日からでも行ってあげる」

にっこりと笑顔になった姫乃は史之に近づいてきて、肩を叩いた。

「ちょっと待てよ、お前、うちの店の子をスカウトするたあ、どういう了見だ」

そのとき作業が続いている海の家の中から、がたいのいいアロハシャツ姿の男が出て来た。

歳は三十代後半だろうか、ヒゲも生やしてなかなかにいかつく、史之はその怒鳴り声で震えあがった。

「私が働いてるキャバクラのオーナーなの。ねえオーナー、私、明日からこの子が働いてるお店を手伝うから、ここでは働けないわ。だめって言われたらキャバのほうも辞めちゃうかも」

ビビっている史之に対し、姫乃のほうはこの怖そうなオーナーにもどこか上から目線な態度で言った。

「待ってよ姫乃ちゃん、そんなの困るよ。夜のほうを辞めるのだけは勘弁して」

史之に対する態度とは一変して、オーナーは困り顔で訴えている。

「じゃあいいよね、史之くん、明日からよろしくね」

姫乃はやけに明るく言うと、史之の隣に来て腕を組んできた。

「てめえ、いくら姫乃の希望だからって、ほんとうなら、俺らの業界じゃ引き抜きは御法度《ごはっと》なんだぞ」

ナンバーワンの姫乃にはあまり強く出られない腹いせか、オーナーは史之を睨みつけてきた。

姫乃を止められない分の怒りの矛先を向けてきたようだ。

「へえ、あんた自分の店持ったんだ。偉くなったねえ、ノスケちゃん」

ここで麗花が横から口を挟んできて、掛けているサングラスを外した。

「なんでその呼びかたを……げっ、麗花さん」

麗花の顔を見て、オーナーは目をひん剝いて驚いている。

「ごめんねえ、うちの娘がわがまま言って」

麗花は砂浜をゆっくり歩くと、オーナーの前に立った。

「む、娘？　ええっ、姫乃と麗花さんって、ええっ、親子!?　う、嘘でしょ？」

オーナーは麗花とも知り合いのようだが、どうやら姫乃との母子関係は知らなかったようで、目を見開いたままふたりを交互に見ている。

「へえ、オーナーってノスケって呼ばれてたんだ」

「そうよ、名前が誠之助《せいのすけ》だから略してノスケ。昔はずいぶん可愛がってあげたわよねえ、あんたがまだボーイのころ」

姫乃どころではない上から目線で、麗花は笑みを浮かべてオーナーの肩を叩いた。

「は、はい、麗花さんにはほんとうにお世話になりました、はい」

大柄な身体を小さくして、オーナーはずっと恐縮している。ふたりの間になにがあったのかはわからないが、師匠と弟子のように見えた。

「じゃあ、うちの娘が私のところで働いても異存はないわよね、ノスケちゃん」

「はい……もちろんです」

オーナーはうなだれたままうなずき、もう史之のほうを睨んではこなかった。


夜になり、史之は麗花の自宅に呼び出された。麗花の家はスナックのお店とは別で、近くにある平屋の借家に住んでいる。

スナックのほうはなんどか訪れているが、彼女の自宅は初めてだ。

古い家だが、大家に好きに改造していいと言われたらしく、中はリフォームされていて、今風のおしゃれな造りだ。

今日はスナックのほうが定休日の麗花が、史之にご飯を一緒に食べようと誘ってきたのだ。

畳敷きの居間に置かれた座卓の上には、彼女の手料理がいくつも並んでいた。

「まあ、ノスケがオーナーでよかったわ。確かに夜の世界じゃ引き抜きって基本的には御法度だしね」

明日から『オーシャン』のほうに来るという姫乃もいるのかと思ったが、キャバクラの近くにある自分のマンションに帰ったらしい。

麗花と姫乃の関係も微妙な感じで、そのことはなんだか聞きづらかった。

「あのオーナーさんって、古い知り合いなんですか？」

麗花が作ってくれた夕飯は美味しく、ビールも出してもらって飲んでいた。

もっとも、バイクで来たからと断ったのに、帰りのタクシー代を出すから付き合って、と呑まされているのだが。

「そうよ、あいつも貫禄《かんろく》ついたわよねえ」

麗花もビールをけっこう飲んでいて、少し頬が赤い。彼女は部屋着の膝丈《ひざたけ》パンツに、黒のタンクトップ姿だ。

バストがGカップもあるので、目立つ胸の膨らみが、座卓の前に座った彼女が動くたびにユサユサと弾んでいた。

「あいつの父親がキャバクラを経営しててね、私もそこで働いてたのよ。だからまあ、ノスケは二代目ってわけね」

小さめの座卓を挟んで座る史之にそう言って、ずっと売上げナンバーワンだったんだよ、と笑った。

「修行がてらノスケは父親の店でボーイをしてたんだけど、どんくさいから父親や上の人によく怒鳴られてたの。そのたびに私が間に入ってね。ほら今日の姫乃みたいに、ナンバーワンの人間はある程度、店長やなんかに意見も言えるから」

麗花は少し懐かしそうに言って、遠くを見た。麗花は気が強くてずけずけとものを言うタイプではあるが、その分、面倒見もいい。

だから若き日のオーナーを放っておけなかったのかもしれない。

「お店の非常階段で泣いてるあいつの背中を、さすってやったのも何回かあったわね、それをいまの店の子の前で言われたりしたら、威厳もなにもあったもんじゃないから、必死だったんじゃない？」

ケラケラと笑いながら、麗花はまたビールを口に運んだ。いい人だがやっぱり性格のほうは少し悪い。

「まあでもあの子までキャバクラで働くなんてね」

また少し遠い目をして麗花は呟いた。娘のことを口にしたその瞬間の彼女は、優しい母親の顔になっているように思えた。

「そういえば向こうのカフェも明日オープンなんだよね、お客さん減るかな」

そんな麗花に見とれていると、彼女はなんだか少しばつが悪そうにしてから、話を逸らした。

「そうですね、ネットでも少し話題になってましたね。ただビキニカフェが二軒もあるからハシゴしようなんて書き込みもあったから、相乗効果でもっと人が集まってくれたらありがたいですが……」

限られたお客の奪い合いなら売上げが減るかもしれないが、話題になってよそからもっと人がここを訪れるようになれば、お客さんそのものが増えるかもしれない。

そうなってくれたらありがたいと史之が言うと、麗花もうなずいた。

「あの店はババアがいるなんて言われないように、がんばらないとね」

「そんなこと……今日も麗花さんが砂浜に行っただけで、若い男たちが注目してましたよ」

これは嘘ではない。とくにオーナーが出て来て麗花がサングラスを取った瞬間、周りにいた若い男の何人かが、凄い美人だと声をあげていた。

顔だけではない、スタイルもいいので、向こうの店にどんなキャバ嬢が来るのかはわからないが、麗花が負けるとは思えなかった。

「あらあ、嬉しいこと言ってくれるじゃない。あれから声もかけてこないから、私としたのを後悔してると思っていたわ」

麗花はにやりと笑うと、膝立ちになって座卓の反対側にいる史之ににじり寄ってきた。その目はなんだか妖しくなっている。

「後悔はしてませんけど……」

「けどなに？」

畳に尻もちをつくような体勢になって、うしろに下がっていく史之の股間に手を伸ばしながら、麗花は艶っぽい息を吐いた。

切れ長の瞳を妖しげに輝かせ、ズボン越しに史之の逸物を握ってくる。

「ちょっと麗花さん、いきなり、だめですって」

ズボン越しであることを計算したかのように、麗花はちょっと強めに史之の肉棒を揉んできた。

快感がすぐにわきあがり、文句を言おうとした声が続かなかった。

「あら、そんなにいやがるなんて、彼女でも出来たのかしら。今夜はその子とする予定でもあるの？」

「そ、そんなの、い、いませんて、ううっ、強いですって」

麗花の指摘に史之はドキリとして、少しどもってしまい、肉棒が痛いフリをしてごまかした。

まさか沙耶と公園でたまにしてます、などと言えるはずがない。

「うふふ、まあいいわ。じゃあ手で痛いのならお口でしてあげるわね」

畳の上にあぐらをかいた体勢の史之の前で、身体を四つん這いになるまで倒した美熟女は、ズボンのボタンを外して肉棒を取り出した。

そしてまだ柔らかい肉茎に、なんの躊躇《ちゅうちょ》もなく、キスの雨を降らせてきた。

「うっ、くうう、麗花さん」

続けて大胆に舌を使い、麗花は亀頭を舐め回してきた。ピンク色の舌先が尿道口のあたりをチロチロと刺激すると、腰に甘い痺れが走る。

さっきまで拒否していたのも忘れて、史之は畳に座った下半身をよじらせていた。

「ふふ、もうおっきくなってきてるじゃん」

タンクトップの胸のところから白い上乳を覗かせながら、麗花はいたずらっぽく笑い、さらに舌を動かして亀頭裏まで舐め始めた。

「うっ、だって麗花さんが、うう、気持ちよくするから、うう」

唾液に濡れた温かい舌が、亀頭の裏筋やエラを這い回る。それほど激しくはない動きだが、それがかえって気持ちいい。

(このちょっと焦らされている感じが……)

沙耶の中にゆっくりと挿入するときもそうだが、肉棒に強い刺激を与えられない焦《しょう》燥感《そうかん》のような感覚が、たまらなく史之の性感を煽った。

この美熟女はまるでそれを知っているかのように、ゆるゆると肉棒を舐めている。

「うっ、麗花さん、くあ、ああ」

もう史之は無意識に腰をくねらせて声をあげていた。もっと強くして欲しいがこのまま焦らしても欲しい、そんな相反する感情が入り交じった。

「エッチな子ね、なにか出てきてるわよ。でももっと気持ちよくしてあげるわ」

快感に反応する肉棒は、一気に天を衝《つ》いて勃ちあがっただけでなく、先端からカウパーの薄液まで滴らせていた。

麗花はそれをにやりと笑って舌で拭《ぬぐ》ったあと、身体を起こして着ている黒のタンクトップに手をかけた。

「麗花さん、な、なにを」

タンクトップの中から、同じ黒のブラジャーに包まれた乳房が現れ、史之は目を見開いて声をあげた。

麗花は意味深に笑ったあと、そのブラも取って畳の上に投げ捨てた。

「今日はおっぱいで気持ちよくしてあげるって意味よ」

たわわな白い双乳を自らの手で持ちあげながら、麗花は史之の股間の上に再び身体を倒してきた。

そして柔乳の谷間に勃起したままヒクヒクと動いている、史之の怒張を挟み、ゆっくりと上下に動かし始めた。

「うう、くう、麗花さん、うう……」

熟女のしっとりとした肌が、肉棒に密着したまま擦りあげていく。

彼女の豊乳は史之の巨根もしっかりと包み込み、上下に優しくしごいてきた。

「くう、たまりません、うう」

もう史之はされるがまま、ただ腰をよじらせてこもった声を漏らすのみになる。

「ふふ、嬉しいわ感じてくれて。じゃあもっと早くしちゃおうかな」

史之の反応のよさに気をよくしたのか、麗花は激しく巨乳を上下に揺すった。

柔らかい乳房がぐにゃりと形を変えながら、史之の股間でそそり勃った怒張に吸いつき擦りあげた。

「はうっ、これ、ほんとにだめ、くう、ああ」

もう史之は口を割って、畳についているお尻をくねらせて喘いでいた。

肉棒からの快感が全身に広がっていく感じで、なにかを考えている余裕もなく、ただ酔いしれていた。

「白いのがいっぱい出てきたわ、んんん」

痺れきった肉棒の先端から、また白いカウパー液が溢れ出してきていた。

さっきよりも量の多い白濁液《はくだくえき》を、麗花はパイズリをしながら舌で舐めとっていく。

「ううっ、麗花さん、うう、凄すぎます、うう、くううっ、もう出ます」

パイズリと舌責めを同時に行う熟女のテクニックに翻弄され、史之は限界を迎えようとしていた。

肉棒の根元がビクビクと脈打っていて、射精の瞬間もすぐそこだ。

「おチ×チン、すごく動いてるのがわかるわ。どうするの、このまま出す？　それとも私の中で……？　今日は妊娠しないお薬もあるし」

もういまにもイクという瞬間、麗花は不敵に笑って乳房の動きを緩くした。

ただ止めたわけではないので、しっとりとした白肌がゆっくりと肉棒に吸いつきながら擦り続けている。

「うう、それは」

このままおっぱいの中でと、史之が言おうとしたとき、麗花の頬を汗がひとしずく伝い落ちていった。

よく見たら、彼女は前屈みで突き出したお尻をずっと揺らし、ハアハアと甘い息を吐いている。

この体勢では見えない股間から、むんとするような淫靡な香りまでしていた。

「麗花さんの中でイキたいです」

彼女も昂ぶりきっている。自分だけ射精しては申し訳ないと、史之はそう答えた。

居間から場所を麗花の寝室に変え、こんどは史之のほうから彼女を押し倒した。

フローリングの床に改築したという寝室は、あまり家具はなくシンプルだ。

そこの真ん中に置かれた大きなベッドで、史之は全裸になった彼女をいきり勃った怒張で貫いていた。

「ああ、あああん、はあん、すごい、あああ、ああ」

白いシーツの上に麗花の熟したボディを四つん這いにさせ、突き出された締まったヒップを鷲づかみにした史之は、怒張を濡れそぼった媚肉に突き立てていた。

パイズリの際に感じたとおり、麗花の媚肉はかなり燃えあがっていて、触れてもいないのに愛液が糸を引いていた。

「あ、あああっ、いい、ああ、たまらないわ、あああん、ああ」

もちろん昂ぶっているのは史之も同じだったから、入れた瞬間からふたりは獣のように快感に溺れていった。

「僕も、うう、すごく気持ちいいです、ううっ」

ドロドロの媚肉がピストンのたびに、亀頭に絡んで粘膜が裏筋に吸いついてくる。

ベッドに膝立ちの下半身が砕けそうになるほどの快感を覚えながら、史之は力を込めて腰を振りたてた。

「あ、ああん、激しい、ああ、あああん！」

史之の股間が麗花の桃尻にぶつかり、パンパンと乾いた音を立てる。彼女の四つん這いの身体の下では、大きさを増しているGカップが釣り鐘のように揺れていた。

少々、強すぎるかとも思うピストンだが、麗花はすべて受け止め、自らの快感に昇華させている。

「あああ、ああ、もうおかしくなるわ、ああ、だめっ、あああん」

熟した女体の許容力なのか、史之の巨根で突きまくられても、全身から淫靡なフェロモンをまき散らしていた。

「ああ、はあああん、もうだめ、ああ、私、イッちゃうわ、ああ」

バックからのピストンを受ける麗花は、顔だけをうしろに向けた。さっき見せた母の顔はもう淫らに溶け消えていて、そのギャップが史之の欲情をさらに煽った。

「イッてください、好きなときに、おおっ！」

史之はまだ射精のタイミングではない。ただそんなのは関係なしに、目の前の美熟女を頂点に追いあげたかった。

「あああん、史之くんはっ？　あ、あああん、私だけ？　ああん、だめ、強いぃ」

経験豊富な熟女は史之がまだ達しそうにないのを察したのか、自分だけイきたくないと、すっかり髪が乱れた頭をなよなよと横に振った。

「気にしないで、イッてください」

彼女の言っている意味はわかるが、史之の中にある牡《おす》の本能が、目の前のよがり泣く牝を追いあげろと告げている。

心の命じるままに史之は、彼女の言葉は無視して、桃尻に怒張を打ち込んだ。

「ひいいん、だめ、ああ、私だけなんて……！　ああん、でも、ああっ、もうだめぇ」

ためらいの顔を見せた麗花だったが、すぐに前を向いて背中をのけぞらせた。

愛液が溢れ出ている開ききった膣口に、野太い怒張が激しい出入りを繰り返し、ベッドがギシギシと音を立てた。

「ああ、イク、イクうううう！」

四つん這いのまま背中を大きく弓なりにした麗花は、絶叫を響かせながら、白い乳房が波打つほどの痙攣を起こす。

「ああん、あっ、ああっ、だめ、ああ」

引き締まった身体がビクビクと断続的に引き攣り、そのたびに彼女は呼吸を詰まらせる。

バックの体勢だから表情はうかがえないが、かなりの快感に翻弄されているようだ。

「あっ、ああ、ああ、はあん……」

そして最後にため息を吐いたあと、シーツに突っ伏すように麗花は崩れ落ちた。

斜め上に突き出されている、汗に濡れた桃尻がまだ小刻みに震えていた。

「ああ、もう無茶するんだから……」

ようやく呼吸が戻ってきたのか、麗花はごろりとその身を仰向《あおむ》けにした。

ヒップと同じく汗が浮かんだその顔は、どこかすがすがしい感じに見えた。

「すいません、大丈夫ですか？」

興奮するがままに突きまくってしまった。彼女の言うとおり、ちょっと勢いがよすぎたと、史之は反省していた。

「やだ、謝らないでよ。すごく気持ちよかったんだから」

まだ唇が半開きの彼女の顔を覗き込んで言った史之の言葉に、麗花は恥ずかしそうにしている。

照れる美熟女もこれはこれで可愛い。

「それより史之くん、いいの？　そっちはそのままで」

照れている顔を見られるのもいやなのか、麗花は目のところを手のひらで隠しながら、史之の肉棒を指差してきた。

「いや、そりゃ、すぐにでもしたいですけど、麗花さんが……」

まだ射精していない逸物はギンギンの状態のままで、麗花の愛液にまみれた竿を史之の股間でヒクつかせている。

少し開き気味の彼女の太腿の間にある、濡れた肉裂に入りたいと脈動しているのだ。

「いいよ、私は……まだ若いから体力あるし」

少し唇を尖らせて麗花は言った。昼間、実の娘である姫乃におばさん呼ばわりされたのを、まだ気にしているようだ。

「はは、麗花さんは凄く魅力的ですって、このおっぱいもエッチだし」

若いですと言ったら嘘をつくなと言われそうなので、史之はそんな風に答えながら、彼女の横に添い寝する。

そして麗花の仰向けの身体の上で、大きく盛りあがっている巨乳をゆっくりと揉み、乳首を指先で弾いた。

「あ、やあん、イッたあとは敏感になってるから、ああん、だめよ」

寝転んだ身体を引き攣らせて麗花は甘い声をあげた。彼女の言葉どおり、かなり鋭敏な反応だ。

腹筋がうっすらと浮かんだお腹が小刻みに上下していた。

「イッたら乳首まで敏感になるんで、すね、なるほど」

いつもは姉御肌《あねごはだ》の彼女を、指先ひとつで翻弄しているのが楽しくなって、史之は寝たまま上半身だけを起こして両手を伸ばし、尖っている色素の薄いふたつの乳首を同時に摘まんだ。

「ひ、ひいんっ、だめ、あああん、ほんとに敏感だから、ああうっ」

巨乳を波打たせ、麗花は切羽詰まった顔をしている。彼女の言った敏感という言葉があらためて史之の頭に引っかかった。

「敏感といえば麗花さん、ここにゆっくりと入れられたら感度があがるんですか？」

乳首から手を離した史之は、その指を彼女の膣口にもっていった。もちろん入れずにそっと撫でただけだ。

「あっ、いやん、もうっ、なにその質問、他の女とするときの参考にしたいわけ？」

媚肉に触れられて喘ぎ声をあげながらも、麗花はにやりと笑って疑いの目を向けてきた。

「い、いや、本でスローセックスの記事とか見たんで……」

沙耶にゆっくり挿入したときに、彼女の反応がよかったなどと言えるはずがない。だからとっさにそう言ってごまかした。

「ふうん、まあいいわ、じゃあ次はゆっくり入れてみてよ」

意味ありげな笑みを浮かべたあと、麗花は艶っぽい目を史之に向けて両手を上に伸ばした。

「は、はい」

うなずいた史之は彼女の長い両脚の間に自分の身体を入れる。そしてゆっくりと覆いかぶさり、盛りあがる巨乳に自分の胸を重ねた。

「確かにゆっくり挿入されると焦らされて、女の感度があがるのは事実だけど、でも、うふふ、史之くんに我慢出来るかな？」

意味深に言った麗花は、近づいてきた史之の頬に軽くキスをしてきた。史之もそれに応えて彼女の厚めの唇にチュッとキスをした。

「一気に入れたら台無しになるわ、自分のおチ×チンがカタツムリになったつもりで入れるの、最後までね」

「カタツムリですか？」

そんなにゆっくりなのかと、史之は目を見開いた。沙耶のときよりもさらに遅いスピードだ。

「やってみます」

そんなので女体の反応が強くなるのだろうか？　疑う気持ちもあるが、ここは麗花に言われたとおりにと、史之は先端を彼女の膣口に押し当てる。

そしてまさにカタツムリのスピードで、亀頭をゆっくりと押し込んでいく。

「あ、そ、そうよ、あっ、ああ……あん」

先端部が肉孔を拡張しながら、徐々に進んでいくと、麗花は切なそうに喘いだ。

仰向けの身体が少し揺れているが、あまり強く反応をしている感じはない。

「く、うう」

下にいる麗花を抱きしめながら、史之は白い歯を食いしばった。ゆっくりと進んでいく肉棒がジーンと痺れた感覚さえある。

（一気に入れたくてたまらん）

若い牡の本能が、肉棒で膣奥を突きまくれと命令してくる。しかも麗花の熟した媚肉が微妙に脈動しながら、肉棒に絡みついてくるのだ。

「あ、ああ、んん、ああ、これ」

必死に我慢しながら膣の中ほどまで亀頭を進めていくと、こんどは麗花の息づかいが激しくなった。

史之の下で仰向けの裸体をやけにくねらせ、ハアハアと湿った息を漏らしている。

「苦しいんですか？」

言われたとおりにゆっくりと進めているのに、麗花はかなり唇を割り開いている。

痛がられるほど激しい挿入をしているとは思わないのに、麗花が苦悶しているように見えて、史之は少し狼狽《うろた》えた。

「ち、違うわ、あっ、ああ、ゆっくり入れられると、ああぁ、感度があがるの……ああ、それに私さっきイッたから、あぁっ、アソコの中が敏感なのよう」

女の媚肉は絶頂を迎えたあと、敏感さを増すのだと、麗花は切ない目を向けて言う。

彼女の白い身体にはすでに大粒の汗が浮かび、胸板の上でフルフルと揺れる巨乳も絖《ぬめ》り輝き、色素が薄い乳頭も完全に尖りきっていた。

(じゃあこの顔はすごく感じているからなんだ)

驚くことだが、感度があがったことで速くピストンしなくても、女体が強く反応しているようだ。

媚肉のほうもかなり脈動が大きくなっていて、ウネウネと軟体動物を思わせる動きで肉棒を奥に飲み込もうとしている。

「ああ、ああ、ああん、奥、あああ、ああ」

もうかなり悩乱している様子の麗花が、喘ぎながら呟いた。奥に欲しくてたまらないのだろうか。

だからといってここで一気に突いては、焦らし続けた意味がなくなる。

(カタツムリ、カタツムリ)

心の中で繰り返しながら、史之は麗花に覆いかぶさる身体を、さらにゆっくりと前へと出していく。

濡れ落ちた女肉を巨大な亀頭が押し広げながら、まさカタツムリが這うスピードで進んでいった。

「あああ、はあああん、ああ、だめ、ああ、頭がおかしくなりそう、ああん」

焦燥感に燃えさかる熟した女体は赤に染まり、潤んだ切れ長の瞳が妖しく輝いて、虚《うつ》ろに宙を泳ぐ。

身体の動きに合わせて胸板の上で波打つ巨乳の頂上では、勃起した乳首がひくついていて、史之は吸い寄せられるように舌を這わせた。

「ああっ、ひいいん、いまだめ、ああっ、はうん」

乳首にもあくまでゆっくりと、舌をナメクジのように這わせていく。ここでも麗花は激しい反応を見せて絶叫を部屋に響かせている。

「ああ、もうすぐ奥に、あああん、あああん」

彼女の媚肉の動きも大きくなり、膣道全体が波打っている。

膣奥に近づいても慌てずに、史之は最奥にある子宮口の感触を感じながら、亀頭をじっくりと押し込んだ。

「ひっ、んあああああっ！」

亀頭が奥に達した瞬間、麗花は聞いたことがないような絶叫を響かせて、全身をヒクヒクと引き攣らせた。

まるでイッてしまったかと思うような反応で、崩壊した彼女の表情を間近で見つめながら、史之は驚愕していた。

「ああ、ああ、はああん、もうっ、ああ、意識が飛びそうになったわ」

驚きのあまり膣奥に届いたところで侵入を止めたので、麗花はすぐに呼吸を取り戻している。

ただ表情はどこか虚ろで、巨乳が大きく上下するほど呼吸も荒い。

「入れただけなのに、もうっ、すごい声出ちゃったじゃない」

自分でも予想以上に感じてしまったと、麗花は少しふてくされたように言った。

「史之くんのおチ×チンの破壊力凄すぎ……ああ、やだっ、ああん、また腰が」

史之の下で仰向けの麗花の身体が大きくよじれ、引き締まった腰回りが上下にうねった。

これは彼女の意識の外で勝手に腰が動いてしまったようだ。

（ここまで、なるんだ……）

いつもマイペースでプライドも高い麗花が、取り乱すほど感じている。彼女は史之の巨根のせいのように言っているが、女体のもつ性感の深さのように思う。

男の何倍も感じられる女の身体。それを史之はもっと追い込み狂わせたいと思った。

「麗花さん、実はまだ全部入ってないんですけど……」

そう、膣奥にただ届いただけでは、史之の長い肉棒はまだすべて収まっていない。もっと深くに入れたらどうなるのか、その興味がわきあがり、いままでと同じように怒張をスローで押し込んでいく。

「えっ、これ以上は、あ、だめ、ひっ、ひあああぁ」

子宮口を押しあげながら、亀頭がゆっくりと彼女の奥深くに押し込まれていく。

驚きながら頭を横に振った麗花だったが、すぐにまた悲鳴のような喘ぎを寝室に響かせてのけぞった。

「ああ、深い、ああ、いまだめ、ん、んあああぁ」

白い歯もピンクの舌も見えるほど口を開き、美熟女は狂ったようによがり泣く。

完全に激しいピストンのときよりも感じているように見える。

「もうすぐ全部、くううっ」

彼女の昂ぶりに煽られるように、媚肉がグイグイと肉棒を締めあげてくる。

史之は腰に電気が走っているかと思うような強烈な快感に震えながら、肉棒をすべて押し込んだ。

(動きたい、ゆっくりなら……)

肉棒が収まりきると、こんどはピストンをしたい衝動に駆られる。ただここまでスローな挿入で彼女を狂わせてきたのだ、いきなり激しくして台無しにしたくない。

蕩けきった媚肉の感触を味わうように、史之は肉棒を緩いスピードで出し入れした。

「あ、あああん、は、くうん、ああ、これっ、ああん、すごい、ああっ」

こちらはもう悩乱しきっている麗花は、切れ長の瞳を泳がせ、亀頭がゆっくりと奥を捉えるたびに甘く大きな声を響かせている。

激しく突かれて乱れている彼女も色っぽいが、スローピストンで、頬をピンクに染めて切なそうに喘ぐ美熟女も悩ましい。

「これがいいんですか？　麗花さん」

悦楽に浸りきって顔を崩す麗花を見つめながら、史之はゆっくり腰を使い続けた。

「ああん、あああ、いいの、ああん、激しいのもいいけど、ああ、じっくり追いあげられるのも、ああ、女はたまらないのよう」

「は、はい」

振り絞るような麗花の声を聞き、史之は腰をうねるように動かして、大きな動きで、そしてあくまでスローに怒張をピストンする。

亀頭が膣の中ほどまで下がったあと、ゆっくりと子宮口を持ちあげるくらいまで侵入するのを繰り返した。

「はあぁん、いいっ、ああ、それたまらない、ああん、史之くん、ああ、キスして」

彼女の求めに応じて、史之はすぐに唇を重ねた。

「んんんん、んく、んんんん」

麗花は貪るように舌を絡ませ、史之もそれに応じる。

寝室に唾液の絡み合う音と、濡れた膣口を怒張が出入りする粘着音がこだました。

「んんん、ぷは、ああ、イキ、そう、あああん、ゆっくり来てる、ああっ」

来てるというのは絶頂感のことだろうか。スローピストンに合わせて、媚肉もまた大きく脈動しながら奥へ奥へと怒張を絞りあげてくる。

「うう、俺も、くう、イキそうです」

史之もまた、肉棒の根元から、徐々に大きくなってくる射精の発作を自覚していた。

いままで感じたことがない感覚で、静かに絶頂の快感がこみあがってきた。

「あああ、私、あああん、イク、イクわ、ああ、イクっ」

激しい突きは一度もない。なのに麗花は白い歯を食いしばって息を詰まらせながら、下から史之にしがみついてきた。

「イク、はう、はあん……！」

そして背中を弓なりにすると、白い身体を断続的に引き攣らせた。その痙攣も間隔が長く、太腿や下腹部がビクン、ビクン、と一定の時間を置いて波打っている。

静かに見えても、かなり深い絶頂に麗花は溺れているように思えた。

「うう、俺もイキます、うう、出るっ！」

そんな彼女の媚肉もまた強く絞りあげてきた。最後に奥の奥に亀頭を押し込んで、史之は腰を震わせた。

「あああん、精液、熱い、ああ、染みこんできてる、はうっ、はあん」

安全日だと聞いていたので遠慮なしに膣奥に放たれた精液に、麗花はさらにその身をくねらせて歓喜している。

「くう、たくさん出ます、うう、くうう」

下腹部からゆっくりと広がっていくような射精感。これも初めての快感に史之は驚きながら、なんども精を放ち続けた。

第五章　男責めに燃えるお姉さん

『オーシャン』のフロアに姫乃がやってきた日、ビキニカフェの時間となる三十分以上前から並んで待っているお客さんがいた。

どうやら姫乃は、夜のキャバクラのほうの常連客に連絡をしていたらしく、その人たちが仲間を連れて何組もやってくる。

「姫乃ちゃん、きたよー」

「ありがとうございますう、ビキニ似合いますか、私」

普段より少し高めの声の姫乃は、赤の派手目なデザインのビキニに、他の女たちと同様、腰にパレオを巻いている。

姫乃は母親似の色白の肌のスレンダーボディで、とにかく手と脚がすらりと長い。

さらにはここも母親似か、身体は細いのに胸は豊満で、赤いブラのカップから上乳が大きくはみ出していた。

身体を回転させる。

「よかった、あまり水着とか姫乃、自信がないから」

完全にキャラを作っている様子の姫乃は、恥じらうそぶりをしながらも、くるりと
身体を回転させる。

形の美しいプリプリとしたお尻に、男たちの目が集中する。

その様子をカウンターの前で見ていた、今日はオレンジのビキニの母、麗花が舌打ちするような顔をした。

「その髪型も似合ってて可愛いね」

姫乃はテーブル席のほうにいるのだが、他の席のグループからもそんな声が掛かる。

今日の姫乃は少しブラウンが入った髪をツインテールに結んでいた。

「嬉しいです、ちょっと子供っぽいかなって心配してたので、あっ、注文お願いしますね」

ニコニコと笑いながら、姫乃は男たちから注文を取っていく。全員がセットの中でもいちばん高価な物を注文していて、中にはシャンパンでも頼もうかと冗談を言っている客もいた。

そして、そんな娘の様子を見て、麗花はさらに眉間にシワを寄せ、厳しい表情にな

っている。

「でも姫乃ちゃん、向こうのお店に行かなくてよかったの？　夜のほうも減らしたんでしょ」

姫乃のキャバクラのほうの常連とおぼしき男性が、そんな声をかけた。

ここで働くにあたって姫乃は夜のキャバクラを週三日にしている。それは向こうが経営する海の家のカフェを手伝う条件でもあったらしい。

「そうなんです。ほらここ、お母さんもビキニでがんばってるから、助けなきゃ、と思ってぇ」

ニコニコと笑顔で姫乃はとんでもないことを口にした。同時にちらりと色違いビキニの母を見た。

(な、なに考えてんだよ、姫乃さん)

客前で麗花がお母さんだとアピールするのは、遠回しにおばさんだと言っているようなものだ。少なくとも麗花はそうとるはずだ。

どこまで神経を逆なでするつもりなのかと、史之は目で訴えるが無視された。

「えっ、お母さん!?　道理で似てると思ったんだ」

姫乃の言葉に男たちの視線がパレオのビキニ姿の麗花に集中した。もう史之は怖くて麗花のほうを見られない。

ふと近くを見たら、今日は青のビキニの菜央も、史之と同じことを感じているのか、目線を外していた。

「お姉さんじゃないの？　若すぎるでしょ」

「そうだよね、お母さんって、嘘でしょ」

姫乃のキャバクラの客とおぼしき男たちがざわつきだした。中には腰を浮かせて麗花の横顔を見ているものもいる。

「お、俺、お母さんのほうが好みかも、すごく色っぽいし」

これは姫乃の客ではない感じの、離れた席に座っている男性が声を漏らした。

その連れとおぼしき男性も、若い女にはない魅力があるよな、などと言っている。

「あらーん、もうおばさんなのに、そんな風に言ってくれて嬉しいわ」

一瞬で満面の笑みになった麗花は、テーブル席のほうに向けて振り返った。

娘におばさん呼ばわりされたら激怒するくせに、自分で言うのはいいのだろうか。

「お水お入れしますね」

Gカップがはみ出したバストを揺らし、その客たちにも、そして麗花の客にもお冷やを注いで回っている。

引き締まっているお尻が歩くたびによじれ、男たちの目が一気に麗花のグラマラスボディに集中していた。

そして、その様子を見ていた姫乃の顔があきらかに曇っている。

(な、なんなんだ、この親子……)

お互いをライバルだと思っているのか、相手が褒められると腹立たしい顔をするふたりを、史之はあきれながら見ていた。

そんな喧噪《けんそう》のなかで菜央や沙耶は大丈夫かと心配になり、史之はフロアを見た。

「うっ」

思わず声をあげそうになって史之はそれを必死で飲み込んだ。沙耶はいつもどおりにビキニでの接客中で、それは菜央も同じだ。

ただ菜央の胸元、青のビキニのブラジャーが少しズレてしまっていて、Ｉカップのバストがこぼれかけているのだ。が、彼女はまったく気がついていない。

薄ピンクの乳輪部も少しはみ出ていて、カウンターに座る客のひとりも気がついているらしく、口をぽかんと開いて菜央の胸元を見つめていた。

(菜央さんの乳首……いや、違う、やばい)

初めて目にした菜央の色が薄い乳輪部。白い肌の巨乳にマッチしていると言いたいが、見とれている場合ではない。

史之は慌てて菜央のほうに手を振って、彼女の目をこちらに向けさせようとする。彼女もすぐにそれに気がついて、なんだろうという顔をしている。史之は菜央の胸を指差し、出ているとゼスチャーした。

「えっ」

驚いた顔の菜央の大きな瞳がゆっくりと下に降りていく。そしてほとんどブラからこぼれた白乳と少しはみ出た乳首を認識した。

「きゃあああ」

丸みのある顔が一瞬で真っ赤になり、菜央は悲鳴をあげながらその場にしゃがみ込んだ。

慌てて両腕を胸に押しつけているが、その圧迫でIカップの豊乳がさらに大きく形を変えてはみ出していた。

「おおっ、すげえ」

これには姫乃や麗花と話していた客たちも身を乗り出している。

「いやあ、見ないでぇ」

もう全身の肌をピンクに染めて、菜央はしゃがんだビキニの身体をよじらせている。

その恥じらいっぷりが、よけいに男たちの劣情を煽っているように見えた。

「……」

その様子を姫乃と麗花が無言で見つめている。ちょっと冷たいその瞳は、母子《おやこ》ともによく似た同じ目つきだった。


姫乃は自身のSNSなどでも宣伝していたらしく、それを見た客もたくさん訪れ、売上げは最高額を更新した。

しかもそれが三日間、連続で続いた。しかもすべて平日だ。調理係の史之はずっとひとりで走り回り、さすがに疲れていた。

(まあ、でも稼ぐときに稼げるのはいいことだよな)

もともとは『オーシャン』を閉店のピンチから救うために始めたビキニカフェだ。夏しか出来ない以上、なるべくたくさんの売上げをあげなければならないのだ。

菜央と麗花が計算してたてた売上げ目標も、軽くクリアしている。

例のキャバクラが運営するビキニカフェもオープンしているが、いまのところまったく影響がない。これはもちろん姫乃の力が大きかった。

「ねえ、送ってよ」

若い男の自分が疲れたとか言っている場合ではない、と思いながら後片付けを終えて菜央に挨拶し、店の裏口から出て来ると、姫乃が史之のスクーターの座席に座って待っていた。

ショートパンツに無地のTシャツという出《い》で立ちの姫乃の、剝きだしの長い脚が眩しかった。

「いいですよ、はい」

沙耶もすでに帰宅していて、姫乃を送るのになんの支障もない。彼女のマンションの場所を正確には知らないが、確かいちばん近い繁華街だから、バイクで十五分ほどのはずだ。

「ふふ、ありがとう」

今日は普通に髪を下ろしている姫乃はにっこりと笑った。

ヘルメットを渡しそれを被った彼女をうしろに乗せて、史之は中型スクーターのエンジンをかけた。

「あ、そっちじゃないよ。今日は実家のほう」

「えっ」

『オーシャン』を出て繁華街のほうに曲がろうとしたとき、うしろで姫乃が言った。

「なんで？　歩いて帰れるじゃないですか」

『オーシャン』から麗花の家は歩いてもすぐだ。なんでそんな距離を送れと言ったのか、史之は理解出来ない。

「立ちっぱなしで脚が痛いのよ。それにやって欲しいこともあるし」

「やって欲しいこと？」

「着いてから言うわよ。ほら、さっさと発進」

やけに明るい声で言った姫乃は史之のヘルメットをぺちぺちと平手で叩いてきた。

「なんなんですか、もう」

文句を言いながら史之は、バイクを麗花の家に向けて走らせた。


姫乃の実家に着いたら、母の麗花の姿はもうなかった。今日はスナックのほうに早い時間から予約が入っていると言っていた。

ビキニカフェからの客で麗花のスナックも毎日盛況の様子だ。

「ああ、そこ、ああ、もう少し強く」

麗花の平屋の家には姫乃の部屋がまだちゃんとあった。そこに置かれたベッドにうつ伏せになった姫乃はずっと声をあげている。

「俺にやって欲しいことって、これですか」

姫乃が声を出しているといっても、喘いでいるわけではない。家に帰るなり彼女はベッドに身を投げ出し、史之にマッサージを要求してきたのだ。

「だって脚がパンパンなんだもん。むくんじゃったらどうするのよ」

「俺だって疲れてるんですよ」

文句を言いつつも、史之は彼女の脚を揉んでいる。昼間ずっと立ちっぱなしはお互い様だし、揉まされるいわれはないのだが、なんとなく彼女に逆らいきれない。いまだ中学時代の上下関係を引きずっている感じだ。

「そうそう、太腿の裏もお願いね」

ショートパンツから伸びた姫乃の長い脚。ふくらはぎを一通り揉み終えると、こんどはもっと上と要求された。

仕方なしに史之は細めの太腿を手のひらで押していく。柔らかい太腿に手が沈んでいった。

(肌がすごく滑らかだ)

ローションやオイルを塗っているわけでもないのに、肌にほとんど摩擦を感じない。母親もそうだが、この姫乃も艶《あで》やかな肌の持ち主だった。

「もっと強くていいのよ、なに手を抜いてんの？」

うつ伏せのまま、顔だけをこちらに向けて姫乃は睨みつけてきた。

「はい……」

沙耶のときもそうだったが、十代の多感な時期に高嶺の華だった女性になにか言われると、つい受け入れてしまうのだ。これはもう史之の性格なのかもしれなかった。

（もしかして姫乃さんにも、なにか隠れた性癖があるのかな……）

真面目で物静かな生徒会長だった沙耶と、明るくて友達が多く、ちょっとギャルっぽかった中学時代の姫乃。

高校生と中学生の違いがあるとはいえ、ふたりは真逆のタイプと言っていい。

真面目な沙耶に秘密の性癖があったように、女王様気質の姫乃にも隠れた本性があるのか。そんなことを史之はつい妄想してしまうのだ。

「お尻も押しといて、手のひらで上下にほぐす感じで」

「ええっ」

細かく揉みかたまで指定しながら、沙耶はショートパンツの中の形のいいヒップを揉みほぐせと言ってきた。

言われるがままに従ってきた史之だったが、さすがに驚いて、彼女の身体から手を離した。

「お尻の次は腰ね、よろしくお願いしまーす」

史之の驚く顔を見て意味ありげな笑みを見せた姫乃は、やけに軽い調子で言って、うつ伏せのまま脚を軽くばたつかせた。

子供がだだをこねているようなポーズをいい大人がしているが、美人の姫乃がするとやはり可愛らしい。

(俺のことなんか、基本的に男として見てないんだろうな)

別に男として意識していないから、尻を揉まれようが素肌に触れられようがどうでもいいのだ。

そう思いながら史之はショートパンツの上から彼女の桃尻を押した。

(柔らかい……)

沙耶や菜央のようにムチムチとした巨尻ではないが、姫乃のヒップはプリプリとしていて弾力がある。

その感触を感じながら、尻肉全体をマッサージし、腰も揉んでいく。

「ああ、そうそう、なかなか上手よ。ふふ、でも久しぶりね、史之くんと話すのは」

うつ伏せで顔はシーツに埋めたまま姫乃はそんなことを言った。そう姫乃とこうしてちゃんと話すのはあの中学の卒業式以来かもしれなかった。

（どうして、キスしてきたんだろう）

姫乃の言葉には反応せずに、史之は彼女のお尻を両手で上下に押しながら、そんなことを考えていた。

柔らかい唇の感触はいまも覚えている。ただなぜ突然、キスをしてなにも言わずに去って行ったのか、いまも謎のままだ。

「ちょっとなにぼんやりしてんのよ」

史之が返事をしないのが気に障《さわ》ったのか、姫乃は頭をこちらに向けた。

「い、いや、別に」

卒業式の日も可愛かったが、いまはもっと美しくなっている。キャバクラの客たちが『オーシャン』まで追いかけてくる気持ちもわかった。

そう思うと、ますますキスの意味が気になる。史之は混乱し、ただ彼女の瞳をじっと見つめた。

「なによ、言いたいことがあったら言いなさい」

黙り込む史之に、姫乃はいら立った様子を見せた。中学のときも、話しかけられて黙っていると怒られたのを思い出した。

よく考えたら当時から史之に対してだけ、少しあたりがきつかったように思う。

「あ、あの……キスのことを思い出してました」

ただ史之ももう中学生の男の子ではない。気になるならいっそ聞いてしまえと、開き直った。

「ああ、卒業式のね」

姫乃はゆっくりと身体を起こすと、ベッドにあぐらをかいて座り、頭をボリボリとかいた。

昼間のキャバクラの常連さんに対する態度とはえらい違いだ。

「なんとなくあんたのことが気になってたのよ。高校に進学したあとは会えなくなるのもわかってたしね」

キスまでするつもりはなかったが、ふたりきりになったら自然に身体が動いてしまったと姫乃は少し照れたように言った。

「気になるって……」

「だから、なんとなくよ。まあいまはわかるわ、ちょっと頼りない感じの人が気になっちゃうのよね、私」

自分もあれからいろいろと経験したしと言い、姫乃は史之に笑顔を向けた。

切れ長のすっきりとした母似の美しい瞳、高い鼻、ここは似ていない薄めの唇からこぼれた白い歯。あまりに眩しすぎる笑顔だ。

(だめだ、これは悪魔の微笑みだ)

昼間の営業スマイルを見ているので、笑顔もなにか計算ずくのような気がする。

胸がドキドキとしているが、魅入られてしまったら最後に思えた。

「ねえ、私のお尻の感触どうだった」

ただ史之はあきらかに戸惑いの気持ちが顔に出ている。そんな中学時代の後輩を見つめながら、姫乃は四つん這いになって距離をつめてきた。

「ど、どうって、そんな」

マッサージをしただけだと言おうとしたが、史乃の手がすっと、史之のTシャツから伸びた腕に触れてきた。

あくまでそっと触れただけだったが、やけに体温が生々しく感じる。

「ここも大きくしてたんじゃないの？」

これが人気キャバクラ嬢のボディタッチかと思っていると、その手が下に滑っていき、史之の膝丈のハーフパンツに触れた。

今日は暑かったので、仕事終わりにこれに着替えていた。夏用の薄生地の上から、姫乃はそっと股間をまさぐってきた。

「な、なにをしてるんですか」

優しく肉棒を撫でられ、史之は思わず腰を震わせた。元気で気が強い姫乃だが、ここまで大胆なことをするとは思ってもみなかった。

「ん？　なにこれ、勃ってないじゃん。私のお尻を触っといて。インポなの」

ハーフパンツ越しに触れた史之の肉棒が、勃起していないのが気に入らなかったのか、姫乃は強くそこを握ってきた。

「いててて、誰がインポなんですか、失礼な」

マッサージだと言われたから大きくならなかっただけで、自分の肉棒が勃たないわけじゃないと、史之は反論した。

「じゃあ、勃たせてみなさいよ」

姫乃はどうしても納得がいかないのか、Tシャツの身体を屈め、ベッドに膝立ちの史之のハーフパンツのボタンを外しだした。

「ちょっと、姫乃さん、うっ」

あっという間にハーフパンツを降ろされ、中のパンツも引き下げられて肉棒がこぼれ出た。

姫乃の迷いのなさに驚いている間に、下半身裸にされてしまった。

「あら、あんたけっこう立派なのもってるじゃん」

まだだらりとしている肉棒を見て、姫乃は少し目を丸くしている。ただ引くようなそぶりはみせず、興味深そうに凝視してきていた。

「大きくなったらどうなるのかしらね、ふふふ」

笑った姫乃は肉棒に指を絡めると、ゆっくりとしごき始めた。

「くうう、うう、姫乃さん、そんな、くうう」

姫乃の艶やかな指先が、肉棒の竿の部分から亀頭を優しく撫であげていく。

それだけで、甘い快感が突き抜けていき、史之は膝立ちの身体をくねらせていた。

「ふふ、史之くんの感じてる顔、可愛いわ……舐めちゃおうかな」

母によく似た、ちょっと悪そうな笑顔を浮かべた姫乃は、さらに身体を屈めると亀頭の先を舌でチロチロと舐め始めた。

「んんん、そうだ、思い出した。史之くんのこと気になったのって、ちょっと困ってるときの顔が可愛いって思ったからだったわ、んんん」

なにもこんなときにと思うような告白をしながら、姫乃は舌の動きを徐々に速くしていく。

ピンクの濡れた舌が高速で尿道口のあたりを刺激し、強い快感に腰が引き攣った。

「私はお客さんとはぜったいに寝ない主義なんだからね。光栄に思いなさいよ、んん」

続けて姫乃は薄めの唇を大きく開き、亀頭を包み込んだ。濡れた口腔の粘膜が男の敏感な部分を優しく擦っていく。

「うう、すごい、うう、くううう」

有名な美少女で、いまはナンバーワンキャバ嬢の姫乃が、自分の肉棒を熱くしゃぶっている。

それだけで史之は昂ぶり、ただひたすらに喘ぐばかりになっていた。

困っている顔が可愛いという姫乃の言葉は引っかかるが、あっという間に頭まで痺れて、考えている余裕もなくなった。

「んん、うわ、すごいわねえ、こんなに大きいんだ」

美女の甘いしゃぶりあげに史之の愚息は、当然のように天井のほうに向かって屹立《きつりつ》した。

亀頭のエラを張り出させたそれを見て、姫乃は目をまん丸にしている。ただ口元は笑顔だ。

「ふふ、もっとすごいのする？」

そして竿の部分を手でしごきながら、姫乃は上目遣いに見つめて聞いてきた。

「は、はい」

もう興奮しきっている史之は、即答で首をなんども縦に振っていた。姫乃のもっと淫らな姿を見たい、彼女の体温を感じたい、それしか頭になかった。

「いいわよ、じゃあ史之くんが脱がせて」

あくまで自分のペースでリードしながら、姫乃は両腕を上に伸ばした。

沙耶のときには、Mっ気の強い彼女がどうすればより感じるのか、史之は考えながら行為をしている。

いまは姫乃の言いなりだ。どちらがどうというわけではないが、言われるままというのも新鮮だった。

「あん」

史之がTシャツを脱がすと、姫乃が小さな声をあげた。ピンク色のブラジャーに包まれた乳房は、昼間も感じたとおり充分過ぎるほどの膨らみで、細身の身体とのギャップがすごい。

「ブラの中身も見たい？　Eカップだよ。あのおばさんみたいに暴力的な巨乳じゃないけどね」

母のことを出しながら、姫乃はねっとりとした瞳を向けてきた。

「充分ですよ。くびれがすごいから、もっと大きく見えます」

また両腕をあげた彼女を抱きしめるようにして、ピンクのブラのホックを外した。

姫乃はウエストが驚くほどに引き締まっていて、そこからヒップに向かって優美なカーブが描かれていた。

「おお、綺麗だ……」

ピンクのブラジャーがシーツに座る彼女の膝の上に落ち、乳首がツンと上を向いた張りの強い美乳が現れた。

お椀《わん》を伏せたような見事な丸みを持ち、肌も瑞々しくて張りを感じさせる姿に、史之は息を飲んだ。

「うふふ、間抜けな顔をしないの。触ってもいいんだよ」

姉が小さな弟に接するような感じで笑った姫乃に従い、史之は両手を目の前の美乳に伸ばしていく。

見た目は張りが強いのに、触るとフワフワとした感触で心地いい。

史之は我慢出来ずに、肉房をほぐすように揉みしだき、その先端にある乳輪が小さな乳首を指で軽くかいた。

「あん、こら、そこは触っていいって言ってない」

敏感な突起を突然刺激されて、姫乃は腰をくねらせて甲高い声をあげた。

初めて聞く、中学時代の先輩の女の声。史之はますます興奮してきた。

「もうっ、こっちだってお返しするからね」

両乳房と乳首を責められ、顔を少し赤くした姫乃は、くやしそうに言って身体を前に屈めてきた。

「くう、姫乃さん、うう」

彼女はそのまま唇で、史之の股間で反り返ったままの怒張を包み込み、激しくしゃぶり始めた。

わきあがった甘い快感に思わず声をあげながら、史之は乳房を揉み続ける。

「んん、んく、んんん、ん」

野太い巨根にも姫乃はいっさい怯《ひる》む様子なく、頭を大胆に動かしてしゃぶりあげる。

彼女の頬の裏の粘膜が亀頭のエラに絡みつき、舌のざらついた部分が裏筋を擦りあげていく。

「くうう、姫乃さん、ううう」

あの姫乃が自分の肉棒に一生懸命奉仕している。それだけでもたまらないのに、男のツボも巧みに刺激されていて、史之は快感に溺れていく。

こもった声を漏らしながら、史之は彼女の乳房から右手だけを離し、目の前で身体を倒している姫乃のショートパンツの中に侵入させた。

「んん、んんんん、んく」

史之の指がショートパンツの中にある、パンティのさらに奥へと侵入すると、姫乃は少しだけ身体をひくつかせたが、そのままフェラチオに集中している。

ちょっと薄めだと感じる陰毛を掻き分け、史之はそのまま彼女のクリトリスや膣口をまさぐった。

（濡れてる……）

姫乃の秘裂はすでにしっとりと愛液に濡れていた。あの姫乃が自分の肉棒をしゃぶりながら身体を燃やしている。

その事実が史之をより興奮させる。左手で彼女の乳房と乳首を、右手で媚肉を責め続けた。

「んんん、んくう、んんんん」

「くうう、あうっ、姫乃さん、うう、すごい」

姫乃のしゃぶりあげも激しさを増し、史之もさらに指を激しく動かした。ベッドの上で、座った身体と屈んだ身体が同時に引き攣り、バネが軋《きし》む音が部屋に響いた。

「んんん、んく、ぷはっ、こら、激しいって、あ、ああん」

突然、肉棒を吐き出した姫乃は不満を言うと同時に、大きく喘いだ。

切なそうな表情で前屈みの身体をくねらせる彼女に、史之はまた燃えた。

「もうっ、すっかりエッチになっちゃって」

ハアハアと湿った息を漏らしながら、姫乃は不満そうに言って、史之の腕を摑んだ。

そして身体を起こして史之を見つめてくる。白い細身の身体の前で、Ｅカップの張りの強い美乳がブルンと弾んだ。

「中学のときはキスしたら呆然となってたくせに」

史之に感じさせられたのがくやしいのか、姫乃はそんなことを言う。彼女の右手は再び肉棒を握り、上下に優しくしごきあげていた。

「くう、うう、だって初めてだったんですよ、キス。うう」

彼女の唾液がローションの役目を果たし、ただでさえしっとりとした肌質の姫乃の指が、摩擦を奪われて滑らかに亀頭を擦っていく。

力加減がまた絶妙で、史之はこもった声を漏らしていた。

「あら、私だって、ファーストキスだったのよ。ねえ、もうするでしょ」

あのとき姫乃も初めてのキスだったのか。ならどうして自分なんかにと、呆然となった史之の肩を、姫乃の手が押してきた。

「私がしてあげるね」

Tシャツを脱がされベッドに仰向けに押し倒された史之に、もう一度微笑みかけた姫乃は、自分もショートパンツと、ブラとお揃いのピンクのパンティを脱いだ。

大胆なストリップを見せた姫乃の肉体がすべて晒される。

(なんて均整のとれた……)

姫乃の肉体は小さめの頭に華奢《きゃしゃ》な肩、くびれたウエスト。そしてEカップのバストと形のいいヒップと、彫刻の裸体像を思わせるバランスのよさだ。

神々しささえ感じる白い裸体を、仰向けの史之はただ見あげていた。

「ほんとに大きいね、入るかな、ふふ」

美しい切れ長の瞳を輝かせた姫乃は、ブラウンの入った髪とEカップの美乳を揺らしながら、その長い両脚を開き、裸の史之の腰に跨がってきた。

そして少し苦笑いを見せながら、姫乃は天を衝いている逸物に自分の濡れた膣口をあてがった。

「はうっ」

ヌルリとした感触と同時に、腰を震わせて喘いだのは史之のほうだった。

まだ亀頭の先に触れただけだというのに、彼女の体温に包み込まれる感覚がたまらなかった。

「史之くん、可愛い」

いたずらっぽい笑みを浮かべた姫乃は、その形のいいヒップを微妙に上下させる。

入りそうで入らない状態で、亀頭を膣口の粘膜で擦る。それは媚肉によって軽いキスをされているような感覚だった。

（焦らされてる……）

麗花や沙耶で経験した、勢いで挿入しないセックス。いままでと違うのは史之がリードするのではなく、姫乃に身を預けたままだということだ。

焦らされて昂ぶるのは肉棒も同じのようで、気がついたら勝手に腰が動いていた。

「エッチね、史之くんは、そんなに欲しいの？」

姫乃はお尻を浮かせたり沈めたりしながら、入りたがる肉棒を焦らしている。

そして彼女の顔は、いままでに見たことがないくらい楽しそうだ。

（姫乃さんって……責め好き？）

自分で肉棒を飲み込みながら男を焦らす。そして、史之が顔を歪めて欲しがるのを見て笑っている。

受け身の女性とはまったく逆の、男を翻弄したい性癖があるのか。史之は驚くが、この感覚に身を任せていたいという思いもあった。

「ふふ、あんまり意地悪したら可哀想だから、入れてあげる。史之くんは動いちゃだめだよ」

もうビクビクと脈動している肉棒を跨いで膝立ちの姫乃は、腰を前後に振って、亀頭に膣口を擦ってきた。

「は、はい、はうっ、くううう」

史之がうなずくのを確認した姫乃は、身体をゆっくりと沈めてきた。

その切れ長の瞳はじっと史之を見下ろしたままで、あんたは私の手の中にいなさいと、命令しているように感じられた。

「あ、あん、固いわ、それに大きい」

姫乃は史之の巨根をじっくりと味わうように身体を下ろしてくる。

その顔は快感に少し歪んではいるが、それがまた色っぽい。そしてかたときも史之の目から自分の瞳を外さない。

「どう？　私の中、気持ちいい？　あんっ」

時折、甲高い喘ぎ声をあげながら、姫乃はそんなことを聞いてきた。

「は、はい、すごくいいです、くうう」

彼女の膣内はやけにヌルヌルとしていて、媚肉が亀頭に吸いついてくる感触がある。

張りのあるEカップを揺らしながら、姫乃の細身の身体が沈むたびに、濡れた粘膜が亀頭のエラや裏筋を密着しながら擦り、たまらない快感が突き抜ける。

「早く奥まで入れたいです、くうう」

気がつくと史之はそんな言葉を口にしていた。彼女にもっと翻弄されたい。

自分の中にそんな性癖があったことに、驚きながらも止まれなかった。

「ふふ、だめな子ね。でもいいわよ、私の中に入ってきて、史之」

初めて史之のことを呼び捨てにした姫乃は、舌で自分の唇を舐めたあと、一気に腰を落としてきた。

ぬめった媚肉が怒張を擦り、亀頭が奥に飲み込まれた。

「はっ、はうっ、姫乃さん、くう、ううう」

もちろん快感も凄まじく、史之はもう仰向けに寝た身体の全部をくねらせ、間抜けな声をあげ続けていた。

　頭の芯まで蕩けそうな感覚で、男のくせにこんな姿を晒して恥ずかしいとか、そんなことを考える余裕もない。

「ああん、深い、あああ、史之の、すごい」

　そしてこちらも一気に性感を昂ぶらせている姫乃の、スレンダーな身体がのけぞり、張りの強い美乳がブルンとバウンドした。

「ああん、お腹の奥まで来てる感じ、ああん、史之、いい、ああ」

　少し虚ろな瞳を見せながらも、姫乃はそのまま腰をくねらせ、身体を上下に揺すりだした。

　濡れそぼった肉壷が、怒張に絡みつきながら甘くしごきあげてくる。

「うう、くうう、俺もすごくいいです、うう」

　彼女にされるがまま、史之は白い歯を食いしばって快感に溺れていた。

　肉棒が彼女の媚肉の中に溶け落ちていくような感覚があり、なにも考えずに身を任せていたい。

「ああん、いいよ、史之、もっと気持ちよくなって、ああ」

　快感を口にした史之を妖しい瞳で見つめながら、姫乃は桃尻を完全に下ろし、肉棒をすべて自分の中に飲み込んだ。

そしてそこから前後に激しく腰を動かしてきた。

「はうっ、姫乃さん、くう、それ、ううう」

騎乗位で繋がった身体を、波のようにくねらせながら姫乃は腰を振りたてる。

膣奥にまで飲み込まれている亀頭に、濡れた媚肉が強く擦りつけられた。

「これすごい、うう、姫乃さん、ううっ」

「ふふ、嬉しいわ史之、もっと私の身体に気持ちよくなりなさい」

史之が感じれば感じるほど姫乃は燃えてくるようで、腰の動きがさらに速くなった。

Eカップの美乳をフルフルと揺らしながら、姫乃は妖しげな笑みを浮かべて腰を強く振りたてる。

「ああ、はああん、私もすごくいいわ、ああっ、史之のおチ×チンが奥を掻き回してるからあ、あああ、はううん」

そして姫乃は自分自身も悦楽に溺れている。白い肌を朱に染めて薄めの唇を割り開き、喘ぎ声を響かせていた。

「くう、姫乃さん、うう、ああ、俺、もう限界」

濡れた媚肉に先端部を擦られ続ける肉棒はもう破裂寸前だ。そんな中で史之は牡の本能が強く燃え、自分からピストンをしたくて仕方なかった。

そして耐えきれずに史之は自分の腰を動かし、肉棒を下から突きあげた。

「は、はあん、史之まで動いたら、ああん、ああっ、私も、ああ、イッちゃう」

暴走した史之の下半身に跨がる姫乃の細身の身体は大きくバウンドして、乳房も波を打って弾けた。

ただ彼女の腰の動きも止まっていない。ふたりは牡と牝となって互いの肉体を激しく貪った。

「うう、俺ももう、くうう、イキます、うう」

当然ながら、肉棒は絶頂に向かって脈動を開始した。責められ焦らされていたせいだろうか、腰の奥から快感がじわっと広がっていく感覚だ。

「あああん、史之っ、ああ来てっ、今日は平気な日だから、ああ、中に出しなさい」

激しく喘ぎながらも、あくまで後輩をリードしながら、姫乃もその身体を大きくのけぞらせた。

そして姫乃は上から史之の両手を握り、指を絡ませてきた。

「ああん、史之の全部を私のものにしたい、ああん、ああ」

そんなことを口にしながら、姫乃は手を強く握り、さらに腰を振りたてる。

もう姫乃の白肌には汗が大量に流れ、それに部屋の灯りが反射して彼女の裸体をさらに淫靡に輝かせていた。

「してください、うう、くうううう」

頭の中まで痺れている史之は、心のおもむくがままにそう口走りながら、彼女の細い指を握りかえした。

そして下からベッドの反動も使い、怒張のピストンを速くする。

「くうう、俺、ううう、もうイキます、ううう」

濡れた媚肉にしごかれ続けた肉棒は、限界などとっくに越えていて、我慢とかそんなレベルではない。

包み込む粘膜の中に怒張が溶け落ちていくような感じを覚えながら、史之は口を大きく割り開いた。

「あああ、私もイク、イクわ、あああ、イクうっ！」

ほぼ同時に姫乃も頂点を極め、史之に跨がった汗に濡れた身体をビクッと震わせた。

そんな中でも彼女は腰を大きく動かし、膣奥の肉を亀頭に擦りつけた。

「はうっ、うう、出る、ううう」

かなり間抜けな顔を晒しながら、史之は仰向けの身体のすべてを震わせ、射精を開始した。

亀頭が膨らむような感覚とともに、熱い精が姫乃の奥に放たれた。

「ああん、すごい勢い、ああん、もっとちょうだいっ、史之」

膣奥にぶちまけられる精液に歓喜し、姫乃は切れ長の瞳を妖しく輝かせる。

絶頂の発作に震える白い身体を、姫乃は大きくくねらせ、史之の逸物を飲み込んだ下半身を前後に揺すってきた。

「は、はうっ、姫乃さん、うう、イッてますって、それだめ、はうう」

射精中の亀頭を媚肉で擦られ、いままで経験したことがないタイプの快感を史之は味わっていた。

むず痒さを伴《ともな》ったその感覚に、史之は唇を半開きにしたまま、気の抜けたような喘ぎ声をあげてベッドの上の身体をよじらせていた。

「あああん、もっとたくさん出して、ああん、あああ」

史之がそんな声をあげると、姫乃はさらに瞳を輝かせて腰を振りたてる。

「はうう、そんなに動かないで、ううっ、まだ出る」

責められる快感に身も心も溶かしながら、史之は延々と射精を繰り返した。

目が覚めたら、隣には姫乃の可愛らしい寝顔があった。

（いけね、寝てしまった……）

昼間の疲れもあり、行為のあと知らないうちに眠ってしまったようだ。

史之は当然のように裸で、隣で寝息をたてる姫乃も裸のまま、タオルケットにくるまって寝ていた。

（ほんとに姫乃さんとしちゃったんだ、俺）

中学時代から美少女で名高かった姫乃。皆のアイドルのような存在の彼女とひとつになったことが、タオルケットから美しい乳房をはみ出させている彼女の寝姿を見ても、いまだ夢の中の出来事のように思う。

（でも現実だよな……沙耶さんともしてるんだし……）

中学時代と高校時代、史之だけでなく、男子全員の憧れだった姫乃と沙耶。そのふたりとビキニカフェをきっかけに続けて関係をもった。

十代のころの自分にそれを伝えても、嘘を言うなと否定してしまうだろうと思うくらいに現実離れしている話だ。

（しかも責め好きな性癖まで持ってるなんて）

大胆に男根に跨がり、史之の感じている顔がたまらないと言った。愛らしい寝顔の彼女にそんな嗜好《しこう》があるとは思いもしなかった。

そして姫乃によって史之は責められる快感も知ってしまった。こちらから責めて沙耶を狂わせたセックスと、正直なところどちらも同じくらい気持ちよかった。

(菜央さんにも、なにか性癖があるのかな……)

今日も恥ずかしそうにしながら、ビキニからIカップのバストをはみ出させていた、元教師の菜央の中にも普通とは違う性癖が隠されているのか。

そんなことを想像すると、史之はなんだか興奮してきた。

(いかんいかん、姫乃さんの顔を見ながらなに考えてんだ俺は……)

さっきセックスをしたばかりの女性の寝顔を見ながら、他の女のことを考えている自分が、史之はさすがにやばいと思った。

しかも肉棒がまた大きくなりそうな感じだ。とりあえず女体から目を離そうと、身体を起こして寝ている姫乃と反対側を向いた。

「どあああああ！」

姫乃は壁側で寝ていて、ベッドの反対側はテーブルなどがあるスペースなのだが、そちらを向いた瞬間、女が黙って立っていて、史之は悲鳴ともうなり声ともつかない声をあげた。

女は幽霊ではない。ちゃんと服を着ているが、眉間にシワを寄せて額に青筋を浮かべ顔に怒りを露わにしている。

「れ、麗花さん、なんで黙って」

黒のスカートに濃いめのブルーのブラウスの麗花が、じっとこちらを見下ろして仁王立ちしていた。

いつからそこにいたのか。ブラウスの胸元が大きく開いていて、のぞく胸の谷間がセクシーだが見とれている場合ではない。

「なにやってんの、あんたたち」

もちろんだが、ここは麗花の自宅なので彼女がいることに不思議はなにひとつない。

時計をはっと見たら、時間はもう深夜だ。どうやらかなり長い時間、史之も姫乃も眠っていて、スナックを閉めた麗花が帰宅したようだ。

「あの……その……」

当然ながら、娘さんともやりましたなどと返事が出来るはずもなく、史之はただ狼狽えるばかりだ。

浮気現場に乗り込まれた人間はこんな風になるのか。言い訳は思いつかないのに、そんな考えだけが頭に浮かんだ。

「ん……史之、どうしたの？」

そのとき姫乃も目を覚まして身体を起こした。身体に掛けていたタオルケットがはらりと落ち、美しい乳房がブルンと揺れて飛び出していた。

「史之!?」

娘が全裸で寝ていたことよりも、姫乃が史之のことを下の名で呼び捨てにしているのが、麗花には引っかかったようだ。

昼間のカフェの時間までは、史之くんと呼んでいたのを麗花も聞いている。

「あら、お母さん、お帰り。あん、やだ、私裸だ」

そして姫乃はとくに慌てる様子もなく、少し照れたように笑って身体をタオルケットで隠した。

男との事後の姿を親に見られても、別に姫乃は気にしないようだ。

「やだ裸、じゃないわよ。人の男に手を出すなんていい度胸じゃないの」

麗花が厳しい目を向けたのは、娘である姫乃のほうだった。普通に考えたら、母に続けて娘ともセックスをした男のほうに怒りの矛先が向きそうなものだが。

「ふうん、史之ってお母さんともしてたんだ。へえー」

そして姫乃のほうもまったく驚く様子なく、受け入れている。ショックを受けている様子も、怒っている雰囲気もまったくない。

なぜそんな態度でいられるのか。史之のほうがパニックだ。

「私とのセックス、すごく気持ちいいって、言ってたよね史之。こんなおばさんより何倍もよかったでしょ」

姫乃はベッドに座る史之の首に腕を回すと、チュッと頬に軽くキスをしてきた。

「おばさんで悪かったわね、だいたい、あんたが私に勝ってるところなんて若さだけじゃないの」

麗花もまた負けじと言い返す。どうやらこの母と娘、親子である前にお互いを女としてライバルだと思っているようだ。

「どこがよ、スタイルも顔も私のほうが上でしょ」

姫乃は史之を突き飛ばしながら、ベッドを飛び降りて母親の正面に全裸で仁王立ちした。

「ふざけんな、どう考えても私のほうよ。あんたなんかただ細いだけ」

麗花もブラウスを脱ぎ捨て、上半身は黒のブラジャーだけの姿となった。言うだけあって鍛えられたウエストは引き締まり、上乳がはみ出した胸元と見事な落差を見せている。

「なによ、大きいなら垂れててもいいってわけ、ぷぷ」

姫乃は自分で言ったセリフがおもしろかったのか、口を手で塞いで笑っている。

「誰が垂れてるんだ、どこ見て言ってんのよっ」

麗花は腹立たしげに怒鳴ると、ブラジャーも脱ぎ捨てGカップのバストを晒した。

そして言葉のとおり、垂れてはいないたわわな巨乳を娘の乳房に向かってぶつけた。

「張りのない、おばさんおっぱいじゃん」

「なんですって、自分のがたいしたことないからって嫉妬するな」

姫乃も胸を張って母の乳房を押し返す。それに麗花も罵《のの》りながらやり返した。

(ひえええぇ)

もはや史之の存在など忘れて、親子はやり合っている。その壮絶な姿に、史之は違う意味で女の本性を知り、ただ震えて見つめるのみだった。

第六章　白ビキニに映える元教師の肉体

激しい親子げんかはなんとか収まったのだが、ふたりともに相手が史之を独占するつもりだろうと主張し、なんと日を分けて行為をすることになった。

それでたまらないのは史之だ。たまらないとは気持ちいいという意味ではなく、身体がもたないのほうだ。

「昨日は何回したの？」

毎夜のようにそのセリフから始まる。互いに対抗心を燃やす麗花と姫乃は、相手よりもたくさん射精しろと求めてくるのだ。

それを断るわけにもいかず、史之は一晩で複数回、射精させられるのだ。

「腰が痛い……」

ビキニカフェのほうは変わらず盛況で、そっちでも体力が削られる。ただ史之と一日おきにするようになってから、ふたりは上機嫌になり、実家に住むようになった姫乃と麗花の会話もあって、そこだけは安心していた。

「大丈夫？　身体が辛くなったんじゃやない？」

カウンターの中の調理場で自分の腰を叩いていると、菜央が心配そうに覗き込んできた。

黒のビキニの彼女は、今日もサイズの合っていないブラジャーから白い乳房をはみ出させている。

「なんでもないですよ。ずっと前屈みだったから腰が硬くなってるだけで」

大きな瞳を心配そうにしている菜央に、史之は笑顔を作って言った。まさか麗花と姫乃と毎晩のようにしているので腰が痛いなどと言えるはずがない。

「そう、それならいいけど、辛くなったら言ってね」

まだ菜央は心配そうにしている。教師だったころから彼女はほんとうに優しい、そして清純だ。

(菜央さんも感じだしたら変わるのだろうか……)

男性たちの羨望の視線を浴びながら、店内を闊歩するビキニの美女たちには、それぞれ隠された性癖のようなものがあった。

真面目で純粋な菜央にも、性癖や秘めたる欲望のようなものがあるのか。史之は彼女のはみ出した豊乳を見つめながらゴクリと唾を飲んだ。

（いかん、いかんて）

ずっとそのことが気になりすぎて、なにかの拍子に菜央に性癖について質問してしまいそうだ。

そんなことをしてしまったら、もう『オーシャン』に来られなくなる。史之は頭に浮かんだその考えを懸命に打ち消した。

（でも菜央さんのいまの気持ちはどんなだろう……）

元カノの美穂がやってきて、菜央が嫉妬の感情を露わにした。ただそれ以来、彼女がおかしな態度をとることはなかった。

もちろん史之には、なにか菜央にアプローチするような勇気はないし、姫乃や沙耶に振り回されてそれどころではない。

（まあ、どちらにしても、菜央さんに好きだなんて言える立場じゃないしな）

菜央の気持ちはともかく、他の三人全員と肉体関係を持った史之が彼女を好きだなどと言えるはずもない。

真面目な菜央が三股もかけているような、不道徳な男を受け入れるはずがないのだ。

（今日も弾んでる……）

ビキニカフェも日を重ね、菜央の恥じらいも少しはましになったように思う。それでも男性客の視線を感じると顔を赤くする。そしてそれにつられてビキニブラから飛び出しそうな巨乳もピンクに染まるのだ。

Iカップの柔乳は毎日見ても馴《な》れることはない。だめだと自分に言い聞かせつつも史之は欲望が昂ぶるのを抑《おさ》えきれないのだった。


ムラムラしたり反省したり、仕事の忙しさに加えて精神も安定しないので、よけいに疲れてしまう。

片付けをして、最後のゴミ袋を持ち、史之は『オーシャン』の裏口に出て来た。

「やっほー」

裏に停めてある史之のスクーターのシートに、姫乃と沙耶が並んで座って棒アイスを食べている。

姫乃のそんな姿はたまに見るのだが、沙耶も一緒にいるのは珍しい。だが続けて姫乃が発した言葉に、史之は腰が抜けそうになった。

「あんた沙耶さんともしてるんだって、史之」

「ええっ！」

ゴミ袋を思わず落とした史之を見て、姫乃は笑っている。その横で沙耶は恥ずかしそうに顔を赤くしながら、目を妖しく輝かせていた。

「あんたもやるじゃない、青姦なんて、ははは」

姫乃は史之を指差して笑っている。なんと沙耶は公園での行為まで話したのだ。

史之は慌てて、なぜ？　と沙耶を見た。

「姫乃ちゃんが3Pしようって……。恥ずかしい……」

顔をさらに赤くして今日は清楚なワンピース姿の沙耶が両手で顔を覆った。見た目と発言の内容があまりにかけ離れていて、かえってエロい。

「うふふ、いいよ私は。沙耶ちゃんってどんな顔するんだろうね、感じると」

「もうっ、やだあ……きっと私、とんでもない顔してるから」

姫乃がサディスティックな笑みを浮かべ、沙耶は妖しい笑顔でワンピースの身体をくねらせている。

ちなみにだが、このふたり、普段店内では仲良くじゃれあったりということはない。

（な、なに考えてんだよ……）

史之は女たちがいつか揉めるのではないのかと、ずっと心配していた。

なのに沙耶も姫乃も自分たちが同じ男と肉体関係を持ったと知っても、怒るどころか、三人でしようと話している。

(女って怖い……俺はチ×チンのみの人間扱いか……)

揉めごとにならなかったのは正直ありがたいが、ふたりが史之を男として見ているのではなく、ただのセックスの相手だとしか思っていないように感じて複雑だった。

「史之はもうひとりしてるんだよ。私のお母さんともね。ねえ、そうでしょ」

戸惑う史之の肩越しに店の裏口を見て、姫乃はそんなことを言った。

「げっ、麗花さん!」

恐る恐る背後を見ると、腕組みをした麗花が立っていた。この前、姫乃との事後に彼女が現れたときと同じ、眉間にシワを寄せて怖い顔をしている。

「ふーん、沙耶ちゃんとまでね、どうしようもないわね、あんたのここは」

麗花は立ち尽くす史之ににじり寄ると、股間を摑んできた。

「うぐ」

急所を摑まれて史之は前屈みになる。ただそれほど強くはなく痛みなどは感じない。

そんな史之に麗花が顔を寄せてきた。

「私のことより、あんた、まずいことになってるわよ」

麗花はあくまで冷静な感じで史之に言うと、ドアが半分開いたままの『オーシャン』の裏口に向かって、顎をしゃくった。

「わ、菜央さん」

史之よりも先に声をあげたのは姫乃だった。目を見開いてまずいという顔になっている。

ドアのところにはTシャツにハーフパンツ姿の菜央が、顔を青くして立ったまま、こちらを見つめていた。

「ごめんね菜央ちゃん、そういうことなんだ。みんなしちゃってるの、ごめんね」

自分以外の三人の女全員が史之と関係があると聞いて、ただ呆然となっている様子の菜央に、麗花がやけに静かに言った。

それは菜央を傷つけないように話しているようにも感じられた。

「ごめんなさい、菜央さん」

そして普段は無口な沙耶まで、バイクのシートから降りて両手を合わせている。

「ちょ、なんで、私は関係ないわ、史之くんが誰と付き合っても、なにをしても、私は……」

慌てて言い訳をするように菜央が言う。それを見て沙耶が顔をあげた。

「そうだったんですか。私は菜央さんも史之くんのこと好きだと思ってました。だからずっと申し訳ないって思ってたんです」

「違うわ、そんな……」

沙耶の言葉を聞いて菜央は真っ赤になり、頭を横に振る。そして、フラフラと裏口から出て来て道路のほうに向かって歩きだした。

「な、菜央さん」

たまらず史之が声をあげると、菜央はこちらを一度だけふり向いたあと、急に走りだした。

一瞬だけ、史之に向けられた大きな瞳には涙がにじんでいるように見えた。

「なにしてんの？　菜央ちゃんのこと好きなんでしょ、追いかけなさいよ」

Tシャツを着た菜央の背中をただ見送っている史之に、麗花が大声で言った。

「まったく、あんたが菜央さんのこと好きなのはみんな百も承知なのよ」

続けて姫乃が頭を掻きながらバイクのシートから降りて、こちらに歩いてきた。

「さっさといけ、このヘタレ」

姫乃は強い言葉でそう言うと、ショートパンツから伸びた美しい脚で史之のお尻を蹴りあげた。

「いてえ、は、はい、行ってきます」

麗花も姫乃も、そして沙耶も楽しくはないような顔をしている。

先ほど史之は、彼女たちが自分の肉棒しか見ていないように思ったが、けっしてそんなことはなかったのだ。

それでも女たちは史之の背中を押してくれている。史之は菜央の後ろ姿を追って駆け出した。

菜央の背中はかなり遠くになっていたが、懸命に追いかけると海水浴場の手前で追いついた。

彼女はハアハアと息をしながら、史之の顔を見たあと、ビーチのほうに向かって歩いていく。

「菜央さん」

手を伸ばそうとした史之だったが、菜央の肩を摑む勇気はなかった。

菜央はそのまま歩き、ビーチと防風林の境目にあるコンクリートの堤防の上にのぼった。

夕方になってもまだ日が高いビーチには、若い客たちが泳いだりしている。それを見下ろす形で菜央は堤防に腰を下ろし、史之も隣に座った。

「ごめんね、取り乱しちゃって……」

史之のほうは見ないまま、菜央はぼそりと呟いた。黒いTシャツの袖口や彼女の黒髪が海からの風になびいている。

「いえ、僕が悪いんです。菜央さんにいやな思いをさせて」

「そんな、私のことなんか気にする必要ないわ。ちょっとびっくりしただけだから、だって三人も……」

菜央はそこまで行ってまた顔を伏せた。彼女の太腿の上にある白い手が小刻みに震えている。

こんな悲しげな顔をして気にするなと言われて、そうですかと言えるはずがない。

「菜央さん、俺がこんなことを言う資格はないですけど、ずっと好きでした、中学生のころからずっとです」

自分のような人間が告白する資格などないという考えも浮かぶが、我慢出来ず、史之は思い口にした。

成就しないとわかっていても、ただ伝えたかった。

「うん……」

菜央はなにも答えずにただ下を向いている。瞬きする彼女の目がまた潤んできたように思えた。

「ねえ、史之くん、人のいない静かなところにいきたいわ。誰もいない海に連れて行って」

静かに顔をあげた菜央は、濡れた瞳で史之を見つめて言った。

「は、はい」

彼女がなにを思っているのかはわからない。ただ史之は言われるがままにうなずいて、菜央と共に堤防からおりた。

『オーシャン』に戻ると麗花だけが残っていたが、彼女も史之と菜央を見て、何も言わず帰っていった。

施錠《せじょう》をしてくるから、少し待っててと菜央に言われ、バイクのエンジンをかけていると、彼女はすぐに戻ってきた。

着替えをした感じでもない、黒のTシャツに膝丈のパンツ姿の彼女を、バイクのうしろに乗せて、史之は走りだす。

(G海岸でいいんだよな)

菜央が言った誰もいないであろう海というのに、史之は察しがついている。

ここから十五分ほど走ると、岩場が続く海岸がある。そこに海岸沿いの道路からは見えない、猫の額ほどの砂浜があった。

地元でも少数の人しか知らず、G海岸というのも通称だ。夕方に近いこの時間ならおそらく誰もいないはずだった。

「ここからは歩きです」

G海岸が皆に知られていないのは、林の中の細い道を一旦《いったん》のぼってからおりるという複雑なルートがあるせいだ。

「うん」

その林の前に停めたバイクから降り、ヘルメットを脱いだ菜央は、小さく答えただけで、それ以上はなにも語らずに史之の前を歩いて進んでいく。

うっそうとした海辺の林ののぼり道を、ふたりは少し距離を置いて歩いていた。

(ここでなにをするつもりなんだろう……)

道をのぼりいちばん高い場所に着くと、目の前に青い海が開けた。夏とはいえこの時間だと少し日も弱くなり、海の色が黄金色に変わって独特の輝きを見せている。

海岸は黒い岩がほとんどだが、少しだけ海水浴場と同じ白砂の浜があった。

(菜央さん……)

ここでもなにも言わず、菜央は土が剝きだしの道を下っていく。下りで脚を踏ん張っているのか、パンツのお尻の部分が大きくねじれている。

ただ、いまの史之には、それをじっくりと見つめる気持ちの余裕などなかった。

「ふう……」

砂浜には岩場にぶつかって弱くなったさざ波が来ているだけだ。誰もいない、静かな波の音だけがする砂浜に降りたった菜央は、海のほうを向いて深いため息をついた。

そして、こちらを振り返ることなく、Tシャツの裾に手を掛けて一気に脱いだ。

「えっ」

いきなり彼女が脱いだことにも驚いたが、染みひとつない真っ白な背中に横一本、白い紐が走っているだけだったのに、史之はもっとびっくりした。

今日、お店で着ていたのは青だった。そもそもこんな、首のうしろと背中が紐だけのビキニは、女たちの誰も着用していないはずだ。

「史之くん……あなたにも、麗花さん、沙耶さん、姫乃さんにも、お店のために協力してもらってほんとうに感謝しかないわ」

海のほうを向いたまま、菜央は静かに言った。その声色《こわいろ》は中学時代に生徒と接していたころの、落ち着いた口調を思い出させた。

「みんなが恩人だって言えるのに……あなたと麗花さんたちが仲良くしているところを見たら、妬けちゃうの、自分でもだめだって思うのに抑えられないの」

こちらは見ない菜央だが、うなじや耳がピンクに染まり声も少し震えているように思えた。

「情けないよね、いい歳して自分の気持ちもコントロール出来ないの。今日もみんなとあなたがしてるって聞いて、耐えられなくなって逃げ出したのよ」

お店から海まで駆け出したのは、怒りではなく、嫉妬だったと菜央は少し声を震わせて言った。

「そんな……全部、悪いのは僕です。いっそ殴ってください……」

ここでようやく史之は声を絞り出した。だらしなく同じ場所で働く女たちと関係を持ってしまった。

その上、菜央にもずっと好きだったと告白した。本来ならば軽蔑されても仕方ないくらいの振る舞いだ。

「そんなの、史之くんを殴れるはずなんかないじゃない。私だって……」

そこで耐えかねたように、菜央は顔だけを振り返らせた。夕方の太陽に輝く海を背にする彼女の大きな瞳は濡れていた。

「ずっと私のことを心配してくれて……こんなおばさんなのに好きって言ってくれて……嬉しいの……これが私のほんとうの気持ち。なのに素直になれなくて」

下は膝丈のパンツに上半身はビキニの彼女がこちらを向いた。白いビキニのブラはやけに布が小さい。

ただ史之は彼女のいまにも泣きだしそうな顔にしか目がいかない。

菜央が嫉妬に苦しむほど自分のことを好きでいてくれる、それだけで舞いあがって頭がクラクラしていた。

「じゃあ、いまから素直になってもらってもいいですか？　大好きです、菜央さん」

史之は前に歩み出て、菜央の華奢《きゃしゃ》な身体を自分のほうに抱き寄せていく。艶やかな肌をした美しい背中に腕を回し、唇を近づけていった。

「わ、私も好き……あ……んん……」

菜央も逃げるようなそぶりは見せず、史之にその身を預けてきた。

唇を重ね、彼女の体温を自分の身体に感じながら、史之は舌を差し入れていった。

「ん……んんん……んく」

史之の舌を唇の中に受け入れた菜央は、そのまま激しく絡ませてきた。

波の音だけする砂浜で、ふたりはいつしか手を握りあい、激しく舌を吸いあう。

（菜央さんとキスしてる……）

中学のときからずっと憧れていた美教師と、気持ちを通じ合わせ、深いキスをしている。全身が熱く燃えさかるような感覚を覚えながら、史之は彼女の舌を吸い続けた。

「んんん……ぷは……もうっ、エッチなキス」

ずいぶんと長く舌を絡ませあったあと、ようやく唇が離れると、菜央は真っ赤な顔をして史之の胸に自分の額をあててきた。

腕の中に菜央がいる。それだけで史之は幸せでたまらなかった。

「あの、菜央さん、すごくあたってます」

三角形の白ビキニのブラが、乳肉の上に乗っているだけという感じの菜央のIカップバストが、抱き合うと自然に史之の身体に触れている。

史之はTシャツを着たままなので、直接ではないが、それでも肉棒に一気に血が集まっていくのだ。

「やっぱり、変かな、私のおっぱい。大きすぎるから」

顔を少しあげて、菜央は史之を濡れた瞳で見つめてきた。教師時代も、お店にいるときも見せたことがなかった、女の顔だ。

「い、いや、すごく綺麗なおっぱいですけど……菜央さんはあまり見られたりするの、いやなんじゃないかと思って」

ビキニカフェの接客の際、菜央は日数を重ねても男性たちの視線には馴れていなかったように思う。

変態的な性癖をもつ沙耶はもちろん、麗花や姫乃も視線を集めることを誇りに感じているような部分があるが、菜央はずっと恥じらっているからだ。

「うん、いまでも恥ずかしくて、死にそう。でも史之くんに見られるのだけは、すごく嬉しく感じるの」

菜央は赤らんだ顔を伏せながらボソボソと言う。

「お店でお客さんにも見られて、いやだとかはないんだけど恥ずかしい。でも、史之くんにだけはもっと見て欲しいって……あの水着を買った日にそれを思ったの」

ショッピングモールに水着を買いに行ったとき、菜央は史之の前でビキニ姿になって恥じらって大騒ぎだったのに、心の中ではそんな風に感じていたというのか。

驚きの告白に唾を飲み込んでいると、菜央はパンツのボタンを外した。

「自分でもよくわからないんだけど、史之くんにはもっと見て欲しい……」

もう恥ずかしくて耐えられないといった様子でうつむいたまま、菜央は膝丈のパンツを自分の足元に落とした。

「も、もしかしてこの水着って」

パンツの下はブラジャーとお揃いの白のビキニパンティだ。こちらも三角の布が股間を隠し、腰のところは紐になったそれに、史之は見覚えがあった。

あの日、ショッピングモールで麗花に着せられて、菜央が全身を赤くしてしゃがみ込んだ過激なビキニだった。

「そうだよ……さっき着替えてきたの……」

菜央はモジモジとしながら上目遣いで史之を見つめてきた。さっきとは海水浴場の防波堤から戻ってきて、バイクに跨がるまでの間だろうか。

『オーシャン』の施錠をすると言っていた時間しか考えられない。わざわざ着替えたということは、菜央はそれなりの覚悟をしてきたのだろう。

「み、見てもいいんですか？　たくさん」

ショッピングモールでは恥ずかしさにうずくまっていたが、菜央はムチムチとした身体をくねらせてはいるが、隠そうとはしていない。

「ああ……もう、いちいち聞かないで……さっき見てくれたら嬉しいって言ったわ」

砂浜にあとがつくほど足を内股にしながら、菜央は震える声で答えた。

「は、はい、見ます」

ほどよく肉が乗った肩周りや二の腕は抜けるように肌が白い。鎖骨の下から急激に膨らんだIカップの巨乳は、柔らかそうな肉に三角の白い布が食い込んでいびつに形を変えている。

そこから優美な曲線を描いてウエストがくびれ、また大きく膨らんだ腰のところにはビキニパンティの紐が食い込んでいる。

「ああ、そんなに近くで見られたら」

顔を真っ赤にして瞳を濡らしている菜央が、ブルッと身体を震わせた。ほんとうに史之に見られて悦んでいるのだろうか、息づかいが激しくなっている。

「菜央さんのおっぱいやお尻がエッチ過ぎて……見るななんて無理です」

史之はわざとそんな言葉をかけながら、身体を回り込ませて菜央のヒップを見た。

これは沙耶との経験で学んだ。言葉で女の性感を煽っているのだ。

「ああん、やだあ」

史之の言葉に反応して、菜央は声まで色っぽくしている。あきらかに彼女は興奮を深めていっている。

むっちりとした肉が乗った桃尻も上気し、そこに白い三角の布が食い込んでいる。

その布の幅があまりに狭いので、尻肉がほとんど横からはみ出していた。

カフェのときはパレオの中にある桃尻を、史之はじっと堪能していた。

「ああん、史之くんの意地悪」

さらに恥じらって菜央は腰をくねらせているが、その動きが男の欲情をよけいに刺激する。

砂浜に立つ過激なビキニ姿の肉体がよじれるたびに、乳肉をはみ出させたIカップがフルフルと揺れるのだ。

「もっと見てもいいですか？」

史之は彼女の巨乳をじっと見つめて絞るような声で言った。乳首をなんとか隠しているだけのブラジャーを外させてくれという意味を込めてだ。

「ああ……史之くんの好きにしてくれていいのよ」

こちらも声を震わせながら、菜央は視線を横に向けた。その両腕は彼女の覚悟を示すように腰のところにあった。

「は、はい」

陰ってきた陽の光に照らされた身体から、ムンムンと女の色香を菜央はまき散らしている。

そして恥じらいもピークに達しているのか、膝のあたりが震えていた。

（ゾクゾクしてきた）

羞恥心に震える美女を脱がせると思うと、史之も背中が震えて膝から力が抜けそうになる。

興奮の極致にうまく動かない指で、彼女の水着の紐を解《ほど》いた。

「あ……」

白の三角形の布が海風に舞って砂浜に落ちた。

同時に丸みを持った美しい巨乳が小さく弾み、白肌を震わせながら飛び出してきた。

「おおっ」

乳輪部も色素が薄いピンクで、突起も小粒なのが清楚《せいそ》な感じがする。

下乳の張りも強く、強い丸みを持ってたたずむIカップに史之の目は釘づけだ。

「ああ……史之くん……そんなに見られたら」

巨大で美しい乳房を、口を開いたまま見つめる史之の前で、菜央は三角布が股間を隠しているだけの下半身をよじらせている。

肌はもちろんピンクに上気し、大きな瞳もさらに蕩けているように思えた。

「さ、触ってもいいですか……」

史之に見られたい。その言葉のとおりに菜央は一気に興奮を深めている様子だ。

それは史之も同じで、目の前でフルフルと揺れている乳房に触れたくて仕方がなかった。

「ああ、もう、いちいち聞かないで。史之くんの好きにして、あ、やん」

羞恥心がピークに達したのか、菜央は顔を横に背《そむ》けながら、かすれた声で言った。

史之は彼女の言葉が終わりきらないうちに、両手を目の前の巨乳に伸ばした。

「あ、そんな風に、ああ、だめ」

しっとりとした肌に指が食い込み、手のひらの中から柔乳が溢れ出していびつに形を変える。

見た目以上に柔らかく、そして吸いつくような感触の巨乳を、史之は夢中で揉みしだいた。

「あ、史之くん、あ、やん、あああ」

両乳房を揉んだり、軽く横乳を指でなぞったりすると、菜央は少しくすぐったそうにしている。

唇が半開きになり、白い歯の間から甘い声がずっと漏れている。

「ここも、触りますね」

紐パンティだけの豊満な身体をくねらせる、美熟女の蕩けた瞳を見つめながら、史之は色素の薄い乳頭部を軽く指で引っ掻いた。

「ああ、だめ、そこは、あああん」

乳房よりも遥かに感度が高い乳頭部を刺激され、菜央はさらに身体を大きくよじらせる。

ムチムチとしたヒップがくねり、肉感的な太腿が震えて波打っていた。

(あの先生が俺の指で感じている……)

もう両乳首を同時に指先でこねはじめた史之の頭に、教師時代の菜央の姿が思い浮かんだ。

教壇に立って生徒に優しい微笑みを見せていた女教師を、いま自分の指で感じさせ、淫らに喘がせているのだ。

(先生……もっとエッチな顔を見せてください)

言葉に出したら怒られそうだから、心の中で呟き、史之は尖ってきた彼女の乳頭部に吸いついた。

「あ、ああああん、だめ、ああ、吸っちゃ、あ、あああん」

砂浜に立つ彼女の腰を抱き寄せ、先端部を舌で転がすと、菜央はさらに声を大きくしてよがり泣く。

瞳は一気に妖しくなっていて、史之の肩を摑んでいる手にも力が入っていない。

（これも）

彼女の乳首を舐めながら、目線を下げると、紐パンティの結び目が見えた。

男の本能に従い、史之は腰の両側の紐を同時に解いた。

「あ、だめ、そっちは、ああん、誰か来たら、ああ」

パンティがただの白い布きれとなって砂浜に落ちる。一糸まとわぬ姿となった菜央は急に周りを気にし始めた。

「誰もいないところに連れて行ってくれって言ったのは菜央さんでしょ。大丈夫、ここは人気《ひとけ》がないですから」

周りは岩場ばかり、ここまでたどり着く道もほとんど知られていない。夏の日も陰ってきた砂浜には波と風の音だけが響いている。

「でも、あんまり声を出しすぎたら、道路まで聞こえて誰かが来るかも」

さすがに林の向こうの道路まで声が聞こえるということはないのだが、史之はわざとそんなことを言って、菜央の羞恥心を煽りながら乳首をさらに強く吸った。

「ああん、そんなっ、ああだめ、ああ、見つかったら、恥ずかしくて死んじゃう」

史之の言葉に菜央は全裸になった白い身体をくねらせ、艶のある喘ぎ声を響かせている。

その声量はさらにあがっている。菜央もまた沙耶と同じようにマゾ的な性感を持ち合わせているのか。

（ここも……昂ぶっているのか？）

菜央をもっと狂わせたい。そう思いながら史之は乳首を吸い、また目線を下げる。

たっぷりと肉が乗った感じのする腰回り、白い肌と見事なコントラストを描いた黒い草むらが見えた。

熟女らしく太めの毛が密集している股間の奥に、史之は手を滑り込ませた。

「はあん、そこだめえ、ああん、あああっ」

黒毛を掻き分けて媚肉に指を触れさせると、菜央はさらに腰をくねらせながら、頭をうしろに落とした。両脚は内股気味によじれ、砂浜に立っているのも辛そうだ。

「すごく濡れてますよ」

媚肉に触れると、くちゅりという音が聞こえてきたかと思うほど、大量の愛液にまみれていた。

肉唇もかなり熱を持っている。史之は肉の突起をまさぐりだし、指先でこね回していった。

「ああっ、そこだめ、ほんとに、ああん、ああ、はうん」

もう菜央は意識も怪しくしている様子で、史之の肩に縋《すが》ったまま、激しいよがり泣きを響かせている。

かなり陰ってきた陽の光がオレンジ色に変化する中、菜央は肌に汗を浮かべながら、史之にしがみついている。

(なんてエロいんだ……)

砂浜に穴が出来るほど両足をよじらせている美熟女。いつもは清楚な感じの美しい顔も淫靡に歪み、大きな瞳も妖しく濡れている。

欲情した美熟女の色香に、史之は魅入られ、夢中で彼女の唇を塞いだ。

「んんん、んく、んんんん」

二度目のキスはさっきよりも強く舌を絡ませた。秘裂を責める指もさらに速く動かし、クリトリスから濡れた膣口も愛撫していった。

「んんん、んんん、ぷは、ああん、だめ、もうだめ」

快感に耐えきれなくなったのか、菜央は慌てて唇を離す。そして同時に膝をガクンと折り、その場に崩れ落ちそうになった。

史之は慌てて彼女の腰を抱き寄せて、その肉感的なボディを支えた。

「ああ、もう、激し過ぎるわ、ひどい……」

「すいません」

史之の手の中で、菜央はハアハアと息を荒くしている。謝ると、少し恨めしげな顔を向けてきた。

「どうして私だけが裸なの？、史之くん」

砂浜という野外でなぜ自分だけが全裸なのかと、菜央は唇を尖らせている。

初めて見る菜央の拗《す》ねたような顔。それもまた可愛らしかった。

「もちろん、僕も脱ぎます」

確かに自分だけはまだ服を着ている。うなずいた史之は着ているものをパンツまですべて脱いだ。

互いに全裸となり向かい合うふたりをオレンジの夕陽が照らしていた。

「きゃっ」

全裸になった史之の身体の真ん中で、すでにギンギンの状態で天を衝いている肉棒に、菜央は目を丸くしている。

その巨根に驚かれるのはいつものことで、菜央も例外ではないようだ。

「この子で、みんなとしてるのね。妬けるわ」

ただ菜央は一瞬だけびっくりしていたものの、すぐに意味ありげな笑顔を浮かべて肉棒に手を伸ばしてきた。

細くしなやかな指が、猛りきった怒張を優しく擦り始める。

「あうっ、菜央さん、うう、そんなこと……な……」

「そんなこと、あるでしょ、嘘つき」

唇を尖らせ、菜央は史之のモノをしごき始めた。文句は言ってはいるがその手つきはかなり優しい。

「はう、そ、そうです、すみません、みんなとしました、くうう、ううう」

艶やかな指が竿や亀頭を甘く擦っていく。それが憧れの菜央の指だと思うと、さらに昂ぶり、こんどは史之が立ったまま腰をくねらせていた。

「な、菜央さん、俺もう、我慢出来ません」

もう少ししごかれたら射精してしまいそうだ。このまま出すわけにはいかない、まだ菜央とひとつになっていないのだ。

史之は肉棒を愛撫している菜央の手首を握ると、岩場のほうに引っ張っていった。

「ああ、ほんとにここで……するのね」

菜央の両手を近くにある大きな岩に置かせて、熟れた巨尻を真後ろに突き出させた。

腰を九十度に曲げて立ちバックの体勢になった菜央は、いまさらながらにためらいの顔を見せている。

「もう一瞬も待てません。菜央さんとひとつになりたいんです」

柔らかい尻肉をしっかりと握って、横に引き裂く。菜央の女のすべて、セピアのアナルやピンク色の秘裂が丸出しになる。

そこは大量に愛液にまみれていて、膣口がウネウネと微妙な動きを見せていた。

「いきます」

口を開き、まるで挿入を待っているような菜央の膣口に、史之はいきり立つ逸物を押し込んでいった。

「ああっ、あああんっ、史之くん」

岩場に両手を置いた立ちバックの女体がくねりながらのけぞった。

亀頭が沈みきる前から、菜央は甘い絶叫を静かな砂浜に響かせている。

「ううっ、菜央さんの中もすごい、くう」

そして声が出てしまうのは史之も同じだ。亀頭に絡みつく濡れた媚肉はやけに吸いつく感じで、強い快感が頭の先まで突き抜けていった。

その女肉が憧れの菜央のものだと思うと、さらに心まで震えるのだ。

「菜央さん、うう、熱い」

熱を持った菜央の媚肉の奥に向かって史之は逸物を進めていく。巨根ゆえゆっくりと入れてはいるが、焦らし責めをするような余裕はない。

興奮に頭の芯まで痺れている感じで、一気に押し込みたいのをこらえるのが精一杯という状態だった。

「ああ、史之くん、あああん、固い、ううっ、あああん」

菜央のほうは、さすが熟女と言おうか、巨大な亀頭が媚肉を押し拡げていても、それをしっかりと受け止めている。

全身を赤く染め、腰を曲げた下半身をよじらせながら歓喜の声をあげていた。

「もうすぐ奥まで、うう、菜央さん、入ります」

脚の動きにあわせてくねる桃尻を、史之は両手で鷲づかみにする。そして亀頭をゆっくりと膣奥に押し込んだ。

「ひいん、あああ、奥に、あああ、だめ、あ、あああああん」

先端が膣奥に達すると、菜央は立ちバックの白い身体をのけぞらせた。

岩に伸ばしている、夕陽に照らされた白い腕が引き攣り、上体の下でさらに大きさを増しているIカップがブルブルと弾んだ。

「うう、菜央さん、俺、動くの我慢出来ません、うう」

ついに憧れの人とひとつになった。その感情が先走り、史之はすぐにピストンを開始した。

自分の肉棒の大きさを考え、いままでは必ず女性に気を遣っていたというのに、菜央が相手となるとそんな抑制など出来なかった。

「ああん、来て、ああ、史之くんの好きにしていいから、ああ、激しくして」

こちらに顔だけを向けて、菜央は懸命な様子で訴えてきた。

唇は大きく開き、美しい顔も崩れている。彼女もまた快感に昂ぶりきっているように思えた。

「は、はいい、いきます」

熟女の許容力とでもいうのか。菜央はなにをされても快感に変えている。さらに膣肉はグイグイと貪欲に絡みついてきていた。

乳房もお尻もこれでもかと実った、この最高の女体にとことんまで溺れよう、史之はそんなことを考えながら、一気にピストンを速くした。

「あああん、ああ、すごい、ああ、こんなの、あっ、あああん」

濡れそぼった膣口を血管が浮かんだ肉竿が出入りする。その結合部から粘着音があがり、愛液がかき出されている。

男と女の奏《かな》でる淫靡な音が、夕焼けの砂浜に響き渡る。オレンジに染まる彼女の背中が、史之の情感をさらにかき立てた。

「菜央さん、片脚をあげさせてもらいます」

こうなると背中やお尻だけでなく、菜央の顔や乳房も見たい。そんな思いで史之は彼女の左脚を抱えあげた。

「えっ、だめ、こんなポーズ、あ、あああああん」

右脚は砂浜についたまま、左脚だけを持ちあげられた菜央は、岩場に手をついたまま上半身をねじって身体を横向けにした体勢となった。

犬がおしっこをするようなポーズをとる美熟女は、潤んだ瞳を見開いて羞恥の悲鳴をあげて頭を横に振った。

「だめえ、ああああんっ、ああ、違うところに、はああん、ああ、そこは、ああ」

上半身が横向きになり、Ｉカップのバストが片側に寄っている。オレンジの光がたわわな柔乳や美しい乳頭部を淫靡に輝かせる。

漆黒の陰毛が生い茂る股間に激しく怒張を突き立てると、菜央はさらに激しい喘ぎ声をあげた。

いる。

「ここが菜央さんの感じる場所なんですか！」

片脚を持ちあげたことで、亀頭が菜央の膣奥に食い込んでいる場所が少し変わっている。

膣の左奥を突いているのだが、あきらかに菜央の反応が変化していた。

「あああん、そんな、あっ、あっ、ああ、はあん、そこばかり、ああっ」

岩場を両手で摑んで不安定な身体を支えている菜央は、なよなよと頭を振っている。

ただその顔はどんどん淫らになり、瞳はどこか宙をさまよっていた。

「ちゃんと教えてください、ここがいいのですか？」

肉感的な太腿をしっかりと抱えながら、史之はさらに大きく腰を使い、乳房が千切れそうに揺れるほどのピストンを繰り返した。

ここが彼女のウイークポイントだとわかっていても、あえて言葉にさせようとしているのは、菜央の本音を剝きだしにさせたかったからだ。

「あああん、ああそんな、ああん、でもいい、ああっ、そこが、ああん、いいのぉ！」

目を閉じて拒否するように頭を振った菜央だったが、すぐに唇と、蕩けた瞳を開いて、悲鳴のような喘ぎをあげ叫んだ。

もう彼女も羞恥心を振り切った様子で、ただ快感に溺れている。

（うっ、すごく締まってきた）

菜央の感情の昂ぶりに膣内も反応していて、ピストンされる亀頭部を強く喰い絞めてきた。

絡みつく媚肉に男のエラや裏筋が擦れ、史之の身体を強い快感が駆け抜けていく。

「おお、菜央さんっ、もっと狂ってください」

あの美教師を自分の逸物でここまで崩壊させている。牡の支配欲が満たされている思いを抱きながら、史之は激しく腰を振りたてた。

「あああん、いいっ、あああ、私、ああ、ほんとうにおかしくなっちゃうわ、あああん、史之くんにいやらしい女にされちゃう、あああん」

菜央のほうもそんな言葉を口にしながら、夕陽に照らされる肉感的な身体をなんども引き攣らせている。

横向きの身体の前でIカップの巨乳が激しく波打ち、濃いめの陰毛のすぐそばにある肉の薄い下腹が小刻みに震えていた。

「あああん、もうだめえ、あああん、菜央、イッちゃう、ああ」

そしてついに菜央は限界を叫んで、岩に伸ばしている腕まで震わせた。

「うう、僕ももうもちません、うう、菜央さん、おおお」

史之のほうも感情の昂ぶりと菜央の媚肉の甘い絡みつきに、肉棒が暴発する寸前だった。

ドロドロに溶け落ちた熱い愛液にまみれた粘膜に、これでもかと怒張を突き立てた。

「ああああん、そのまま来てえ、あぁぅっ、今日は大丈夫な日だからあ、ああん」

顔を史之のほうに向けて菜央は絶叫した。唇は大きく開いたまま舌が覗いていて、声色にもいっさいの余裕は感じなかった。

「は、はいっ！　いきます、おおおお」

菜央の中で果てることが出来る。それがまた史之の身体と心を熱く燃やす。

力強く腰を振りたて、彼女の最奥に向かって怒張をこれでもかとピストンした。

「んああ、ああ、私も、あああ、イク、イッちゃう、ああ！」

夕陽の砂浜に、菜央の雄叫《おたけ》びのようなよがり泣きが響き、オレンジに染まった巨乳が淫らに踊り狂った。

玉のような汗が浮かんだ肌をうねらせ、菜央は横向きの身体を弓なりにした。

「イッてください、おおお」

史之も最後の力を振り絞り、片脚を持ちあげた、熟した下半身に向かって怒張を振りたてる。

エラの張り出した亀頭で媚肉を抉《えぐ》り、先端部を彼女の感じるポイントに向かって突きまくった。

「ああん、ああ、イク、もう、イク、イクううう！」

最後に一際《ひときわ》大きな絶叫を放って、菜央は横向けの身体をビクビクと痙攣させた。

美しい顔も中空に向け、瞳は虚ろになったまま、開いた唇の間からピンクの舌まで覗かせていた。

「うう、俺もイキ、ます、ううっ！」

持ちあげた彼女の左脚をギュッと抱きしめながら、史之も腰を震わせた。

怒張が激しく脈打ち、自分でも驚くような勢いで精液が亀頭から飛び出していった。

「あああん、すごい、ああ、熱い、んあああっ！」

あっという間に膣奥が大量の精で満たされていく。菜央は満足げな表情まで見せながら、傾けた身体の前でＩカップのバストを弾ませ、絶頂に痙攣している。

「うう、まだ出ますっ、うう、くううう！」

憧れの菜央の子宮まで自分のものにしている。そんな感情を抱きながら、史之は延々と射精を繰り返した。

第七章　女体まみれの打ち上げ

驚愕の来店客に史之も駆けずり回ることになったお盆休みも終わり、もうすぐビキニカフェの最後の日がやってこようとしていた。

結果は菜央や麗花が立てた予測を遥かに上回っていて、これなら『オーシャン』の維持には充分なくらいの売上げがあったと聞いていた。

そして、最終日の二日前、史之は『オーシャン』の二階にある菜央の自宅に泊まりにきていた。

「あ、あん、やあん、そんな風にしたら、ああ、ああっ」

菜央がいつも眠っているベッドの上、互いになにも身につけずに抱き合ってキスをした。

そのあと史之は、Ｉカップのバストに顔を埋め、溶けるような柔乳を堪能していた。ついでに乳首を指でこね回すと、菜央は早速、淫らな喘ぎをあげ始めた。

「だって、菜央さんとこうするのはあれ以来だから……んん……今日はとことんしますよ」

男の手にもあまる巨乳を揉みしだき、尖り始めたピンクの乳首を吸いながら、史之は仰向けに寝ている菜央に言った。

誰もいない浜辺で初めてひとつになったあと、ふたりはキスをしたくらいだ。

そのくらいお盆休みのお店が忙しかったのだ。終わればもうクタクタで淫らな思いを抱く余裕すらなかった。他の女たちともいっさい関係を持っていない。

「あ、あああん、そんな、あ、はあああん」

今日は意外なほど早くお客さんが引き、すぐに閉店が出来た。お互いに見つめあうだけで、今日こそはという思いがこみあげた。

菜央も同様にこの瞬間を待ちわびていたのか、わずかに乳首を刺激しているだけなのに、一気に声色を変化させている。

「あああ、はあああんっ、私、あああん、声がたくさん出ちゃう、ああ」

ベッドに寝た身体を大きくくねらせている菜央は、全身をピンクに染め、唇を大きく割り開いてひたすら喘ぐ。

そんな彼女の乳房を激しく揉み、乳首に強く吸いついて突起を舌先で転がした。

「あれからずっと射精していないんです。今日は何回でもしますから、菜央さんもとことん燃えてください」

「ああん、ああっ、そんな、私、だめな姿を見せちゃうわ、ああん」

漆黒の陰毛が生い茂った股間を、少し上下に動かしながら、菜央は覆いかぶさる史之の腰にムチムチの両足を絡めてきた。

意識してではないのだろうか、腰が勝手に動いてしまっているようだ。恥ずかしいと感じる心とは裏腹に、肉体は焦れきっている様子だ。

「菜央さんはどういう風にして欲しいのですか？」

羞恥心の強い菜央にこんなことを聞いてもいやがられるかも、という思いがあるが、姫乃や沙耶のようにこういう風に責めたい責められたいという、性癖のようなものが菜央にもあるのではと、興味を抑えられなかった。

「ああ、そんな、私、ああん、いやっ、言えないわ、そんなの、あっ、だめえ」

菜央が拒否するのはわかっていた。だから史之は質問すると同時に身体を起こし、手を彼女の股間にもっていった。

両手を使い、クリトリスと膣内を同時に指で強めに刺激する。

「ひっ、ひいいんっ、だめえ、ああ、両方なんて、ああ、はああん」

むっちりとした腰を持ちあげて、巨乳を弾ませながら菜央は大きく唇を開いた。瞳もカッと開かれ、あきらかに戸惑った顔をしている。狼狽えながら喘ぐ姿がたまらなく淫靡に見え、史之も一気に興奮してくる。

「教えてくれるまで、両方責めますよ」

尖ってきたクリトリスを摘まんでしごき、膣内を二本指で掻き回す。少々強いかと思うが、菜央の中は一気に愛液に溢れ、媚肉を絡みつかせている。

「ひいい、だめえ……っ、あああ、あああん、言うわ、あああん、ああ」

すがるような目で菜央は懸命に訴えてきた。それを見て史之は指の動きを緩くした。

「はあん、ああ……ひどいわ、史之くん」

不満げに唇を尖らせて、一度視線を外した菜央だったが、すぐに潤んだ瞳をもう一度向けてきた。

史之が指の動きを完全に止めたわけではないので、ずっと甘い息が漏れている。

「ああん、やあん、奥よ、あああん、奥を激しくされたいの」

ハアハアと荒い呼吸を繰り返しながら、菜央は消え入りそうな声で言った。

ただ告白したことで、さらに欲情が燃えあがったのか、その大きな瞳が一気に妖しさを増している。

「ここをですか？」

史之はこの前の浜辺で偶然見つけ出した、彼女の膣奥の左側にあるポイントを、こんどは指先で軽く突いてみた。

「あ、あああんっ、そこ、あああん、でもされるだけじゃいや、ああん、奥を激しく責められたいの、あああん、私、史之くんにボロボロになるまで狂わされたい」

最後にそんな風に緩くされるのがいちばん辛いと言って、菜央はグラマラスな身体を大きくのけぞらせた。

菜央の願望、それはすべてを快感に崩壊させたいという思いのようだ。

「わかりましたっ、とことん狂わせます、あなたを」

「あああん、来てっ、ああ、おかしくなるまで、ああん、史之くんのおチ×チンで突きまくってえ！」

一気にその感情を昂ぶらせ、ふたりともに叫んでいるが、声が興奮にかすれていた。

「はい、いきます」

彼女の脚を抱えると同時に、史之はその巨根を膣口に押し込む。もちろん手加減なく一気に膣奥を目指して突き立てた。

「あああ、来た、あああん、すごいいい、あああん、ああっ！」

仰向けの身体をくねらせて、菜央は歓喜に身悶える。開かれた両脚も空中でヒクヒクと痙攣している。

美熟女は一気に崩壊している感じで、大きな瞳は宙を泳いでいた。

「ああ、はああん、ああ、すごいわ、あああん、菜央の中、いっぱいになってる」

巨大な亀頭が膣奥を激しく突きまくると、菜央はさらに燃えあがり、頬を真っ赤にして歓喜している。

「まだここからですよ、菜央さん」

ただ奥を突いて終わりなわけではない。菜央の弱点を怒張の先端で抉るのだ。

史之は菜央の左脚だけを持ちあげると、仰向けに寝ている肉感的な身体を横向きになるまで回転させた。

「あああ、ひいん、だめ、ああ」

挿入したまま身体が回ったことにより、亀頭がぐりっと膣奥を抉った。

戸惑いながら大きく喘いだ菜央の左脚を、史之はまっすぐ上に伸ばさせる。

「わかりますか、菜央さんのいちばん感じる場所にあたってますよ」

ヨットのマストのように天井に向かって、左脚だけを伸ばした美熟女の膣奥に、史之は巨根の先を軽くピストンした。

体位が変わったことで、亀頭がその場所をしっかりと捉えていた。

「あああん、来て、あああん、そこよっ、あああん、そこを狂うくらい突いてえ！」

もうすべてを捨てたように菜央は叫ぶ。腕を伸ばし、自分の脚を持っている史之の手を握ってきた。

「いきます、おおお」

満を持して史之は一気に腰を強く動かした。野太い怒張が高速で膣口を出入りし、ギンギンに硬化した先端が菜央の左奥を抉った。

「ひいいん、いい、あああ、たまんない、あああん、そこっ、そこよう」

絶叫を響かせた菜央は、横寝の上半身を弓なりにしながら、持ちあげた脚をビクビクと震わせている。

身体の前で重なったIカップの巨乳が波打ち、彼女の動きが激し過ぎてシーツにシワが寄っている。

「菜央さんの中がすごく締まってきてます、うう、僕もすごく気持ちいい」

菜央の快感の昂ぶりとともに、媚肉が一気に狭くなり、亀頭を強く締めつけている。

快感が頭の先まで突き抜けていくなか、史之は歯を食いしばりながら腰を振り続けていた。

「あああん、すごいい、あああん、気持ちいい、あああん」

ただひたすらに喘ぎ、Ｉカップのバストを揺らして菜央はよがり狂う。

左脚が持ちあげられて九十度に開いた股間に怒張が突き立てられ、結合部から愛液が飛び散っていた。

「ひいいん、いい、あああ、オマ×コいい、ああ、菜央、オマ×コの奥がたまらないのよう、ああっ」

必死の形相で菜央は唇を割り開いて訴えてきた。その瞳が自分のすべてを史之に剥きだしにして欲しいと訴えているように思えた。

「もっと感じるんだ、菜央っ。もっと狂え」

また教壇に立っていたころの菜央の姿が史之の頭に浮かんだ。そのころよりも女っぷりがあがったように見える彼女の左奥を、史之も狂ったようにピストンする。

「ああん、菜央、はあんっ、牝になってるよう、ああん、もうだめえ、イッちゃううっ！」

ついに自らを牝とまで言った菜央は、シーツを摑んで今日いちばんのよがり声をあげた。

「イケ、牝の菜央、イクんだ、中に出してやる」

この牝の身も心も自分のものだ。牡の感情を燃やし、史之はとどめとばかりに激しいピストンを繰り返した。

麗花からもらった避妊薬を飲んでいると、菜央から聞かされていて、今日は最初から膣内で果てるつもりだ。

「あああん、イク、あああん、イッちゃうう、ああ、史之いっ！」

完全に悩乱している顔を史之に向けて、菜央は開いた唇の間から舌まで見せながら、ろれつの回らない声をあげた。

「あああん、私のおっぱい、強く揉んで、あああん、乳首もしてぇ」

どこまでも崩壊していく美熟女は精一杯振り絞るように訴え、横向きの身体を反らして、重なった巨乳を前に突き出した。

「は、はい」

破裂寸前の肉棒を振りたてながら、史之は必死で片腕を伸ばし、Iカップの豊乳を揉みしだき、同時に乳首も指で掻いた。

「あああんっ、もっと強くしてぇえ！」

菜央はどこまで快感に墜ちるのだろうか。悲鳴のような声を部屋に響かせながら、さらに背中をのけぞらせて胸を前に出した。

「こうですか！」

一度目は愛撫のつもりで揉んだが、それでは足りなかったようだ。史之は手のひらで柔乳をつぶすように揉み、はみ出してきた乳頭部を親指と人差し指で強くひねった。

「ひいいん、あああん、いい、たまんない、あああ、イク、イクぅ」

横向きの身体を激しくよじらせ、史之に抱えられている左脚もくねらせながら、菜央は瞳を大きく見開いた。

かなり強く揉んで摘まんだというのに、痛みなどまるで感じていない。さっき言った言葉のとおり、ボロボロになるくらい激しくされることで、菜央はほんとうの悦楽を得るのだ。

「ううう、菜央さん、俺もイキます、おお」

肉の薄い下腹がヒクつき、同時に媚肉が収縮して肉棒をさらに締めつけた。

もうお互いに最後のときだと、史之も歯を食いしばって腰を強く振りたてた。

「あああん、菜央を突き殺してっ、ああ、いい、ああ、イク、イッちゃう」

ついにそんな言葉まで口走りながら、菜央は横寝の身体を驚くほどのけぞらせた。

「イクうううううっ！」

そしてまさに雄叫びのような声をあげ、片脚を天井に向けて伸ばした白い身体をビクビクと痙攣させる。

その震えが汗ばんだ巨尻にも伝わり、白い柔肉が波打った。

「うう、俺も、くう、出る！」

最後に菜央の膣の左奥に怒張を強く突き立て、史之は限界を迎えた。

濡れ堕ちた媚肉の中で亀頭がさらに膨らむ感覚のあと、精液が勢いよく飛び出していった。

「あああん、来てる、ああ、史之くんの精子、ああん、たくさんちょうだい、ああ」

ピンクに染まった肌を歓喜に震わせながら、菜央は恍惚《こうこつ》とした顔を浮かべている。

瞳は濡れて蕩け、口元に笑みさえ浮かべた菜央は、いつもの清楚さの欠けらもない。

「うう、菜央さん、うう、出します、うう」

まさに牝となった憧れの女の膣奥に向け、史之は絶頂の発作に歓喜しながら、熱く粘っこい精を放ち続けた。

「ああ、すごい、あ、ああ……」

もう膣奥が粘液で満たされるほどの射精を、菜央は悦びとともにすべて受け止めてくれた。

そして、ようやく史之の放出が終わると、菜央はがっくりと、汗が輝く身体をベッドに投げ出した。

「菜央さん」

ハアハアと荒い息を吐きながら、絶頂の余韻に浸っている感じのする美熟女の脚を下ろし、史之は彼女の顔をじっと見つめた。

いまだ牝の香りのする汗に濡れた美しい顔。それを見ているだけで心がまた熱くなった。

「ああ、いや、見ないで、史之くん」

史之の視線に気がついた菜央が、突然、身体を丸めて顔を背けた。

「ど、どうしたんですか？」

「だって、私、史之くんの前でとんでもない姿を」

身体を横に向け、膝を抱えるポーズの菜央は、真っ赤になった顔だけをこちらに向けて言った。

快感が収まると同時に、急に羞恥心がこみあげてきたようだ。

「えっ、いまさら……」

あれだけ凄い姿を晒したのにと、史之はぽかんとなった。

「言わないでえ、いやあ」

泣きそうな声をあげた美熟女は抱えた膝に顔を擦りつけた。

恥じらってそんな体勢になっているが、挿入のあとも生々しい秘裂は、史之のほうに向かって剝きだしだ。

まだ口を開いているピンクの膣口から、白い精液が溢れ出して糸を引いていた。


ビキニカフェの最終日の前日の夕方、閉店作業を終えたあと、全員が店の二階にある菜央の自宅スペースのリビングに集められた。

着替えをすませた麗花、姫乃、沙耶の三人に、史之を含めた四人が菜央と向かい合う。

「皆さん、ほんとうにありがとうございました。これ、明日の分も含めたお給料です」

フローリングのリビングに直接座っている皆の前で、膝丈のパンツにTシャツ姿の菜央が丁寧に頭を下げ、現金が入った封筒をひとりひとり手渡した。

ビキニのブラからはみ出す、白いIカップの柔乳も明日で見納めだ。もっとも史之はそのすべてをこれからも見続けるつもりだ。

「あと、これは予想以上に売上げがあったので、みんなに配分したいと思って」

お給料のものとは別に、お金が入っているっぽい封筒を四つ、菜央は出してきた。麗花にも聞いていたが、ビキニカフェの売上げは、海水浴場の対抗店ものともせず、かなりの金額となったらしかった。

菜央はそれを皆に還元しようとしているのだ。封筒もけっこう厚いように見えた。

「別にお金目的で働いたわけじゃないし、約束のお給料以外はいらないわよ」

史之も同じようなことを言おうとしたが、先に黒いTシャツにハーフパンツの麗花がそう口にした。

彼女もビキニカフェに来た客を誘導して、スナックのほうでかなり稼いだらしいから、もらう必要などないのかもしれなかった。

「そうね、私もお金なら自分で稼げるし。それより、お礼というのならこいつをたまにレンタルしてよ、菜央さん」

麗花と史之の間に座っていた、ショートパンツから長い脚を伸ばした姫乃が、なにやら意味ありげな笑みを見せる。

細く白い腕を伸ばした彼女は、いきなり史之の股間を摑んできた。

「ちょ、ちょっと姫乃さん、だめだって、俺はもう」

驚いて史之は姫乃の手を振り払おうとする。まだ皆には伝えていないが、菜央と正式に恋人同士となった史之は、他の女性と関係をもつつもりはなかった。

「えー、いいじゃん、一晩中やりまくる元気があるんだから、私たちの相手も出来るでしょ」

「えっ」

姫乃が発した言葉に、史之と、そして菜央も目を丸くして固まった。

「あはは、すごかったよねえ」

爆笑し始めた麗花が娘の姫乃を床にゆっくりと押し倒し、左脚を持ちあげて、伸ばされた右脚に跨がった。

これはこの隣の寝室で、史之が菜央を貫いた体位と同じだ。

「菜央、牝になってるう」

「牝になれ、菜央っ、もっといくぞ」

母子は楽しげに笑いながら、そんな言葉を口にし、麗花のほうがクイクイと腰を動かしている。

「の、覗いてたのか、嘘だろ」

確かに交わした覚えがある会話だ。菜央との睦《むつ》み合いをふたりは覗いていたというのか。

皆と向かい合って座る菜央は、もう顔を真っ赤にしてうしろに倒れそうだ。

「だってえ、私、ここの合鍵もってるし」

たまに菜央が閉店前に所用で出かけることもあったので、史之と麗花は合鍵を預かっていた。

まさかそれを使って、夜に侵入してくるとは思いもしなかった。

「こんな精力がありあまってる奴をひとりで相手にするのは身体がもたないよ。うふふ、みんなでシェアしたほうがいいって」

娘の脚を持ちあげて腰を振りながら、麗花が菜央に笑顔を向けた。

「私も……お金より、史之くんを貸してくれたほうが嬉しいです。もちろん付き合うとかそんなんじゃありませんから」

菜央も史之も呆然となる中、ここまで一言も発しなかった沙耶が、ボソボソとした口調で言った。

少し下を向いているが、その顔はなにかを期待するように微笑んでいた。

「ええ、そんな、ええっ」

女たち全員、頭がおかしくなっているのか。いや、菜央はともかく三人はほんとうに性に対しておおらかで、そして欲望に対して素直だ。

史之の巨根を共有できればそれでいいと思っているのだ。

「そ、そりゃ、お店がなんとかなりそうなのも、みんなのおかげだし……史之くんとしたのも私が最後だから、奪ったようなものだけど……」

真っ赤になった顔を伏せ気味にして、菜央が小声で呟きだした。

「ええっ、な、菜央さん、なにを」

どうやら菜央は、最後に関係を持った自分が、三人から史之を略奪したように思っているようだ。

史之は驚きのあまり呆然となりながら、そんなことはないと、菜央に近寄ろうとするが、麗花が腕を伸ばして押し戻された。

「じゃあ、しばらくはみんなで史之くんのおチ×チンは共有ってことでいいよね」

麗花がにやりと笑って言うと、菜央はなにも言わずに、真っ赤になった顔を縦に振った。

「はい、じゃあ契約《けいやく》成立だね」

いつの間にか起きあがってきた姫乃が、口をぽかんと開いたまま床にへたり込んでいる史之の腕を掴んだ。

「菜央さん、ベッド借りるね。沙耶ちゃんと三人でする約束してたから」

史之の腕を強引に引っ張り、姫乃はリビングの奥にある菜央の寝室に行こうとする。

「そうですね」

それに沙耶も加わり、史之は女ふたりに引き立てられていく。

「え、私のベッドでするの？」

これには菜央も驚いて腰を浮かせようとしている。そんな彼女の肩を麗花がポンと叩いた。

「あとで私と菜央ちゃんと三人でする？　けっこう興奮するよ」

恐ろしい声を掛けた麗花を、菜央は潤んだ瞳で見つめるが、そのまま黙ってうつむいてしまった。

「待って菜央さん、あ、ちょっと」

麗花の提案を受け入れた風にも見える菜央にびっくりしながら、史之はふたりがかりで寝室に連行されていった。

菜央の寝室に入るなり、ふたりは史之をベッドに突き飛ばし、あっという間に裸になった。

そして史之も服を無理矢理に剝ぎ取られ、素っ裸にされて肉棒を責められた。

（くそ、もうやけくそだ）

姫乃にフェラチオされて勃起した史之は、こうなれば自分もとことん肉欲に溺れてやろうと開き直った。

なぜかすでに媚肉を濡らしていた沙耶を押し倒し、正常位で挿入して怒張を振りたてていた。

「あ、あああん、激しいっ。ああん、いい、ああ、すごいよ、史之くん」

仰向けの上半身でGカップの巨乳を波打たせながら、沙耶は自分の指を嚙《か》んでよがり泣いている。

だらしなく開かれた両脚もずっとヒクついていて、もう悦楽に身を溶かしている感じだ。

「うふふ、可愛いわ、沙耶さん」

そんな沙耶の頭のほうから手を伸ばして、姫乃は揺れる巨乳を鷲づかみにした。

そしてねっとりとした動きで柔乳を揉み、乳首を軽く引っ搔いたりし始めた。

「あ、あああん、それ、あああん、いやん、ああ、はああん」

膣奥に史之のピストンを受けながら、さらに乳房も責められ、沙耶は声を甘くしている。

もう瞳は妖しく輝き、丸みのある頬も真っ赤に上気していて、その顔を姫乃が覗き込んで笑っている。

「ふふふ、普段は真面目な子ほど、本性はエッチなんだよねえ」

サディスティックな性癖を持つ姫乃は、やけにネチネチとした口調で言って沙耶の額や頬にキスをしていく。

もちろん乳房を揉む手は一瞬も休んでいない。そんな姫乃を見つめる沙耶の瞳が一気に蕩けていった。

「はあん、沙耶は、エッチな子です。ああ、もっと笑って姫乃さん、あああん」

こちらはマゾの性癖を全開にしている沙耶は、切ない声をあげて、すがるように姫乃に訴えている。

自分が崩壊していく姿を同性の姫乃に見つめられて、沙耶は悦楽の極致にいるのだ。

「気持ちいいのね、沙耶」

「ああん、沙耶、ああん、おっぱいもオマ×コもいいの、ああ、ごめんなさい」

なぜ謝るのかはよくわからないが、そのたびに沙耶は燃えあがっているようだ。

それを見て、姫乃はにやりと笑い、沙耶の両乳首を同時に摘まんで、上に向かって引っ張りあげた。

「ああっ、ひぃぃん、あああ、あああっ」

痛いのではないかと思うような責めだが、沙耶は白い上半身を大きくくねらせ、イッたのではないかと思うような大きな声を出した。

史之のピストンを受けている媚肉も一気に収縮し、亀頭や竿に強く絡みついてきた。

(なんてエロいんだ……)

SとMが交差する女同士のレズ的な交わりに史之も魅入られていた。それぞれとセックスをしたときよりも、さらに男の興奮をかき立てられた。

(菜央さんがこんな風にされたら、もっと狂うのだろうか……)

ふたりには申し訳ないが、史之は菜央が女たちから責められて身悶える姿を想像してしまった。

恥じらいの強い彼女が、半泣きで感じまくる様子を思い浮かべ、背中にゾクゾクと震えが走っていく。

「おおお」

情欲を加速させた史之は、沙耶の開かれた両脚を抱え直し、怒張を激しくピストンした。

「ああ、史之、すごいね。ねえ、私も」

姫乃は身体を起こすと、こんどは沙耶の上に覆いかぶさった。プリプリとした桃尻が史之に向かって突き出され、すでに口を開いてる秘裂が剝きだしになった。

「は、はい」

姫乃の小ぶりな膣口はすでに濡れ堕ちている。沙耶を責めて興奮していたのだろうか、ドロドロのそこに史之は二本指を突き立てた。

そして同時に沙耶の中に押し込んでいる肉棒の動きも加速させた。

「ああ、史之、ああん、そこだめ、あああ」

姫乃の膣内の感じるポイントはわかっているので、史之は指の腹でそこを集中的に責めていく。

「はあああん、すごい、ああ、史之くん、ああん、姫乃さん」

こちらは怒張のピストンを受け止めている沙耶が、大きな喘ぎ声を寝室に響かせている。

姫乃は自分も感じながら、しっかり沙耶の乳房を揉んでいた。

「ああん、沙耶、んんんん」

さらに姫乃は沙耶の唇を自分の唇で塞いだ。いずれ劣らぬ美女ふたりが、ねっとりと舌を絡ませて吸いあっている。

「ううう、姫乃さん、沙耶さん、おおおおっ」

身体を重ねて求めあう牝となったふたりを見つめながら、史之もさらに燃え、腰を激しく振り続け、姫乃の中を指で掻き回した。

姫乃のピンクの膣口から愛液の粘っこい音が響き、大きく開かれた沙耶の肉感的な両足が空中で蛇のようにうねった。

「んんん、んくう、ぷはっ、あああ、ああん、姫乃、ああ、もうイク！」

「あああああん、私も、あああ、沙耶もイッちゃうっ」

かなり長く吸いあっていた唇が離れると、ほとんどふたり同時に限界を叫んだ。

「イッてください、おおお」

史之は力を込めて指を動かし、怒張をピストンした。重なった女体に向けて自分のすべてをぶつけた。

「あああ、あああん、イクうううう」

「あああん、沙耶、イキますううう」

最後に姫乃と沙耶は両手を握りあうと、呼吸を合わせたように一緒にのぼりつめた。

姫乃の細身の身体と沙耶のグラマラスなボディが激しい痙攣を起こし、汗に濡れた肌が波を打って震えていた。

「姫乃さん、んんんんん」

そしてこんどは沙耶のほうから姫乃にキスをした。絶頂の発作に重なった身体を震わせながら、ふたりは夢中で舌を吸いあっていた。

(すげえ……)

肉欲を燃やし、淫情に溢れかえるふたりに圧倒されて、史之は射精をし損《そこ》ねてしまった。

ただ呆然となりながら、史之は指と肉棒を引きあげたが、そのあとも姫乃と沙耶は激しい吸い合いを繰り返していた。

「若いってすごいわねえ、ふふ」

そのときうしろから麗花の声が聞こえて史之は振り返った。

ドアの開いた寝室の入口には、半笑いの麗花と菜央が立っていた。

菜央は真っ赤になった顔を伏せているが、少し様子がおかしい。膝丈のパンツの下半身を内股気味にしてくねらせているのだ。

(欲情しているのか？　菜央さん)

なんども身体を重ねているからか、史之は菜央の様子を見て、彼女の女に火がついているのを感じとった。

ボロボロにされたいという性的願望をもつ彼女は、文字通り、ボロボロになるまでよがりまくった姫乃と沙耶を見て興奮しているのだ。

「菜央さん、こっちへ」

そんな恋人を見て、史之も変なスイッチが入った。ベッドから降りると菜央の手を握り、こちらに引き込む。

「えっ、なに、あっ、だめ、史之くん」

焦っている菜央の両手をベッドに置かせて、史之は背後に回って彼女の腰を引きよせる。そして膝丈のパンツと、中から出てきた白のパンティを一気に引き下げた。

「もうこんなに濡らして悪い人だ」

たっぷりと柔肉が乗った豊満なヒップの真ん中で、ぱっくりと口を開いたピンク色の秘裂。そこはすでに大量の愛液に溢れていた。

彼女が責めを望んでいるのならとことんまでと、史之はいきり勃ったままの怒張を押し込んでいった。

「ひいいん、だめえ、あああん、あああっ」

ベッドに両手をついた、立ちバックの体勢の美熟女の股間に、血管が浮かんだ肉竿が沈んでいく。

すぐに悲鳴のような声をあげた菜央は、頭を振って裸の下半身を震わせている。

「わあ、菜央さんエッチな顔。そんな感じでよがるんだね」

激しく悶え泣く菜央の顔を覗き込み、姫乃は笑っている。

「あああん、見ないで姫乃ちゃん、ああっ、だめええ、あああん」

菜央は泣き声をあげているが、媚肉はさらに怒張を絞めてきている。史之は濡れそぼった膣奥に向けて、亀頭を突きまくった。

「菜央さんのおっぱいも責めてあげてよ、ふたりで」

そしてその様子をベッドに座って見ている姫乃と沙耶にそう命じた。うなずいた彼女たちは菜央のTシャツを脱がし、ブラジャーを奪う。

そしてふたりで菜央の身体を挟む形で座り、柔乳を左右から責めていく。

「うわあ、すごく柔らかいわ、でも乳首はとっても固い」

そんなことを言いながら、姫乃は菜央のIカップを揉みしだき、色素が薄い乳首を指でこね回す。それにならうように沙耶も反対側の乳房を責めだした。

「あああん、ひいん、ああっ、だめえ、ああん、おかしくなるから、あああん！」

三人がかりで性感帯を同時責めされ、菜央はすべてを捨てたようによがり狂う。

快感が強すぎて、恥じらう暇もない様子で、ただ快感に浸りきっている。

「ああん、だめえ、そんな風にしたら、あっ、あああ」

もちろん史之のピストンも休みなしだ。濡れ堕ちた膣内を怒張が激しく出入りし、亀頭の先端は彼女の弱点である左奥に突き立てられていた。

激しい快感に菜央はさらに背中をのけぞらせる。それの瞬間に、姫乃と沙耶が彼女の肩を支えて、反り返った状態で固定した。

「あああ、ああん、もっと深くにきた、あああん」

立ちバックの体勢で上体を浮かせたことで、その巨尻をさらにうしろに突き出す形となった菜央は、亀頭がもっと自分の奥に来たと歓喜の声を響かせた。

それに呼応して史之も彼女の尻肉を鷲づかみにし、腰を叩きつけるのだ。

「あああん、イク、もうイッちゃう」

ずっと欲情していたであろう菜央は、驚く早さで限界を叫んだ。

「早ーい、菜央さんって早漏なのね」

そんな店主をあざ笑いながら、姫乃は目の前で弾む巨乳を強く握りつぶした。

「ひいいんっ、ごめんなさい、あああああん、菜央は淫らな女なのう」

痛がる様子も見せない菜央は、反り返ったままの上半身を引き攣らせながら、そう叫んだ。

「いいぞ、イケ、淫らな菜央、おおおお」

菜央の媚肉もさらに締めつけを強くする。そこに向かって、史之は怒張を突きまくった。

「あああん、イク、イク、ああああ、イクうううううっ！」

絶叫と共に菜央の立ちバックの身体が激しい痙攣を起こした。上気した肌がなんども震え、床に伸ばしている肉感的な脚が膝から崩れそうになっていた。

「俺も、くう、イク」

史之も限界を迎えて、菜央の奥に向かって精を放った。彼女の子宮の奥まで届けとばかりになんども射精を繰り返した。

「あ、あ、あああん」

絶頂の発作が収まると、菜央はそのままベッドの前にへたり込んだ。肉棒が抜けてしまった膣口から精液が溢れて、床に流れ出している。

「ふふ、すごいじゃないの史之くん、菜央をここまでだめにするなんて。じゃあ次は私もしてもらおうかな」

息を荒くして立つ史之ににじり寄り、麗花がいたずらっぽく言った。

「いいですよ、じゃあ舐めて大きくしてください」

「あら、言うようになったわね、いいわよ」

麗花は史之が逃げようとすると思っていたのか、開き直ったような態度を見せたことに少し目を丸くしている。

ただすぐに淫靡な笑みを浮かべると、仁王立ちの史之の前に膝をつき、射精を終えてだらりとしている肉棒に唇を寄せてきた。

「今日は一晩中になるわよ。覚悟しなさいね」

精液と女たちの愛液にまみれた肉棒に、麗花は迷いなく舌を這わせ、亀頭のエラや裏筋を刺激してきた。

「はい、くう」

それぞれの淫情を持つ女たち。愛しているのはもちろん菜央だが、他の三人もとことんまで感じさせてやると、史之は覚悟を決めた。

(それでいいんですよね、菜央さん)

ベッドに頭を乗せて、どこか満足げな顔を見せる菜央。彼女もまた欲望に狂う日々を望んでいると史之は思うのだ。

「ああ、気持ちいいですよ、麗花さんのフェラ」

残り少ない夏を、この美女たちの肉体に溺れるのだと、史之は情欲を燃やし、麗花の熟した舌使いに身を任せるのだった。

（了）

※本作品はフィクションです。作品内に登場する
団体、人物、地域等は実在のものとは関係ありません。

恥《は》じらい水着《みずぎ》カフェ

〈書き下ろし長編官能小説〉

2023年8月23日初版第一刷発行

著者……………………………………………… 美野 晶

デザイン…………………………………………小林厚二

発行人……………………………………………後藤明信

発行所………………………………………株式会社竹書房

〒102-0075 東京都千代田区三番町8-1

三番町東急ビル6F

email：info@takeshobo.co.jp

竹書房ホームページ http://www.takeshobo.co.jp

印刷所…………………………………中央精版印刷株式会社